草原文学重点作品创作工程 ★ 第六辑

河　流

杨 瑛／著

作家出版社

致 读 者

　　"草原文学重点作品创作工程"和"优秀蒙古文文学作品翻译出版工程"的成果陆续和读者见面了。这是值得加以庆贺的事情。因为，这一工程不仅是对文学创作的内蒙古担当，更是对文学内容建设的草原奉献！

　　在那远古蛮荒的曾经年代里，不知如何称呼的一群群人在中国北方的大地山林间穿梭奔跑，维持着生命的存延。慢慢地，他们繁衍起来并开始有各自专属的族称，然后被人类发展的普遍规律所驱使着，一个接一个地走出山林过起了迁徙游牧的生活。于是，茫茫的草原就变成了这些民族人群书写盛衰成败的出发地。挥舞着战刀和马鞭，匈奴人第一个出发了，紧接着是鲜卑人，然后是突厥人，再后是契丹人、女真人，之后是蒙古人，他们一个接一个地踏着前人的足迹浩浩荡荡地出发了。如今，回首望去，他们奔腾而去的背影犹如一队队雁阵，穿过历史的天空渐渐远去……

　　雁阵飞去，为的是回到温暖舒适的过冬地。而北方民族依次相续地奔腾前去，为的却是要与人类历史的发展潮流融汇对接。这是一个壮观的迁徙，时间从已知的公元前直到当今年代。虽然形式不同，内容也有所变化，但这种迁徙依然不停地进行着。岁月的尘埃一层又一层，迁徙的脚印一串又一串。于是，经历过沧桑的草原充满了关于他们的记忆。在草原的这个记忆中，有他们从蛮荒走向开化的跋涉经历；有他们从部落成长为民族的自豪情怀；有他们建立政权、制定制度、践行管理的丰富经历；有他们敬畏自然、顺应规律，按照草原大地显示给他们的生存方式游牧而生的悠悠牧歌；有他们按着游牧生活的存在形态创制而出的大步行走、高声歌唱、饮酒狂欢，豁达乐观而不失细腻典雅的风俗习惯；有他们担当使命，不畏牺牲，奋力完成中国版图的大统一和各民族人群生存需求间的无障碍对接的铿锵足迹；更有他们随着历史的发展、朝代的更迭和生存内容的一次次转型与中原民族相识、相知，共同推进民族融合、一体认知、携手同步的历史体验；还有他们带着千古草原的生存经验，与古老祖国的各族兄弟同甘苦、共命运，共同创造中华文化灿烂篇章的不朽奉献……

承载着这些厚重而鲜活的记忆，草原唱着歌，跳着舞，夏天开着花，冬天飘着雪，一年又一年地走进了人类历史的二十一世纪。随着人类文明发展进步的节奏，草原和草原上的一切激情澎湃地日新月异的时候，我们在它从容的脚步下发现了如土厚重的这些记忆。于是，我们如开采珍贵的矿藏，轻轻掀去它上面的碎石杂草，拿起心灵的放大镜、显微镜以及各种分析仪，研究它积累千年的内容和意义。经过细心的研究，我们终于发现它就是草原文化，就是源远流长的中华文化的源头之一。它向世界昭示的核心理念是：崇尚自然，践行开放，恪守信义，还有它留给往时岁月的悲壮忧伤的英雄主义遗风！这样，当世人以文化为各自形象，与世界握手相见时，内蒙古人也有了自己特有的形象符号——草原文化！

精神生活的基本需求是内容，而文学就是为这一需求提供产品的心灵劳作。因有赤橙黄绿青蓝紫，世界才会光彩夺目。文学也应该是这样。所以，我们大力倡导内蒙古的作家们创作出"具有草原文化内涵、草原文化特点、草原文化气派"的优秀作品，以飨天下读者，并将其作为自治区重大的文学工程加以推动。如今，这一工程开始结果了，并将陆续结出新的果实落向读者大众之手。

在此，真诚地祝福这项工程的作品带着草的芬芳、奶的香甜、风的清爽和鸟的吟唱，向大地八方越走越远！

内蒙古自治区党委常委、宣传部长　乌　兰

目 录

第二辑　唱长调的牧人

第三辑　疑似的日子

第一辑　河流

河　流

生和被生，是一种奇妙的渊源。

两棵树，赤着脚，站立在河的两岸。河水经过庞大的根系，穿过树枝，穿过树叶，流进叶脉，在每一片树叶上画出一张水系图。

生命发芽生根，如岸边的树和草一样朴实无奇。

我听到我的血管里的另一重水声，它不是来自西拉木伦河，不是来自母亲和我的出生地，而是来自祖父祖母和父亲的辽沈方言，淙淙地流进了我的骨缝，成了一种水土。

乡愁与生俱来。

四十一年前，父亲大学毕业，从辽河之滨来到内蒙古。之后，我的祖父祖母被连根拔起，迁移到西拉木伦河畔。一同迁徙的还有一种叫毛葱的植物，红色的皮极薄，祖母把它的种子带到了异乡。

我断续零散地接受到我的另一半生命的讯息。一个父亲读大学时用的柳条箱里，一片浆过的红布承载着家谱，一张上个世纪六十年代的黑白照片，三个年轻人，写着"大学时代"四个字，中间的人是我的父亲。

关于故乡，父亲不肯多说。一次在讨论教育时，他说，内地三十年前就这样了。无意中说出来，没什么语气，突然沉默了。而我体会到，父亲是一个年轻时来支援边疆的人，被风华正茂的理想留在了草原。四十多年间，父亲只回过两次沈阳，第二次回去时，他已不能说地道的家乡话，成了故乡的异乡人。

《水经注》有"大辽水出塞外"的记载。我生命里的两重水声，是这样的渊源。

九月，我有了一个行程，寻找西拉木伦河的源头，沿着河流的方向，流向辽河，流入渤海。流向我的老家，我的故园，我生命的主根。

西拉木伦河是内蒙古草原上一条普通的河流。银子般的河水，缓慢且安心地流淌，河道迂回曲折，悠缓出江山的温柔。很多年前，在西拉木伦河的源头，有七眼泉水。如今泉水消失了，只在沙上蔓延细细的水线，像中国象形字的"水"，留存了水最简单的脉络。

西拉木伦河在《唐书》和《辽史》地理志上叫"潢水"，河上的桥叫潢水石桥。

在我的家乡，因桥在巴林右旗境内而叫巴林桥。又因石桥在清朝时由下嫁的固伦淑慧公主重新修建，也叫"公主桥"。

固伦淑慧公主是皇太极和孝庄文皇后的女儿，小名阿图，是一个普通的女孩子的名字，在满语中的意思是"母鱼"。

摇篮里躺睡的小女儿，谁曾想过她会嫁远方。阿图十二岁时，肩负和亲大业远行。不到一年，额驸去世了，她又回到盛京。待到十七岁，阿图第二次踏上了茫茫远嫁路。

从盛京出发时，二月微风拂杨柳，青青依依。长长的陪嫁队伍缓缓而行在去往巴林右翼旗的路上，渐渐荒草寒烟。

随公主出嫁的，除宫女外还有三百户陪房，他们多数是工匠，银匠、铜匠、铁匠、木匠、皮匠、瓦匠，七十二行都有。陪嫁的工匠，在茫茫荒原兴建王府殿宇、寺庙、土木住房，排街列巷，种田种菜，生养儿女。

修了桥，他们觉得离京城近了，离故乡近了。

巴林右旗查干沐沦苏木的珠腊沁村，先民是固伦淑慧公主陵的陵丁，蒙古语"珠腊沁"意为执祭灯者，是为固伦淑慧公主陵点佛灯的人。三百多年珠腊沁人每天守陵点佛灯。如今，公主陪房中挑选的四十户守陵人，繁衍成四个自然村落。在珠腊沁村有一片平均树龄三百多年的沙地古榆树群，传说公主去世后这些榆树在珠腊沁拔地而起，站成侍卫。西拉木伦河最大的支流查干沐沦河由东北向西南流淌，河水在珠腊沁庙西南与锡巴尔汰河汇流向南弯转流过。

三百年间，公主陪房的孩子们，一代又一代地长大，他们从西拉木伦河出发，从公主桥出发，各赴他乡。珠腊沁人的后裔乌·纳钦重回了紫禁城，在北京读博士，问学于河流和文本之间，写下了一本厚厚的博士论文《口头叙事与村落传统：公主传说与珠腊沁村信仰民俗社会研究》，字字都是故乡。由他创作歌词的《蓝色的蒙古高原》，后来成了巴林右旗的旗歌。

西拉木伦河独自流淌，穿过一个又一个村庄。我们去西拉木伦河与老哈河的汇流处。路上的土质很松，风把土吹扬起来，车在满是尘土的路上跑得疲惫，河流好像离我们远了。

到了翁牛特旗大兴农场，土路上，一位老人说："你们说的是干河滩？"这是在路上听到的关于两河汇流处的描述。与我们想象的水势浩荡完全不同。老人不明白，为什么一群人如此执着于一个干枯的河滩。

六月，从流来第一汪水开始，岸边的沙棘和野草一一复活，树的根须继续向大地延伸，河底有了游鱼。有了水，大地有了生命力。

九月，几棵树横竖错乱地倒在岸上，已经干枯。其他树依然站立着，一部分裸出的根须悬在空荡的河床，与大地里的另一部分树根，支撑着一棵树的生命。岸边留下几蓬野草，留下几行牛羊浅浅的蹄印。神秘的河底变成了荒滩。

河流没有了水，仍叫做河流。我蹲下来，把手深深地插进河底，祭祀般地握住一把干裂的淤泥。我听见遥远遥远的水声。我看到一川河水离岸。

是安详还是仓惶？

先是风声，空旷地刮着，还有阳光，垂直地照上河面，空气的干燥和水利工程的截流，河流还没有洞察。它已是一条燃烧的河流，坚持着水的样子，残存着一口沉缓的气息。直到它听到生命的每一瞬正在咝咝地消逝，听到了内心巨大的恐慌。它不过是比一根水草还纤细的命，如一滴水一样微弱。它在颤栗，水色生烟。

深蓝的沉默之后，它认清了必须放弃以水的形式存在。是非，顺逆，得失，冷暖，无所从来，亦无所去。这是命运，无处逃遁。此刻的它，安静、认命。

在河水消逝的地方，大地如此沉静。

游鱼不知消失在哪里，只剩下了四尾，重新游回了半坡文化的彩陶瓶，以不同姿态环绕成一条河流。

一条河，蒸发成一朵朵云，背负着大地在天空中流浪。失去了两岸的河流，天空，是它的第三条岸。

河流，在第三条岸上飞翔，在天空中飞翔，不是远行也不是逃离，它还是蓝色的，还是流动的，蓝色已成为沉积在它内心和精神的颜色。湛蓝清寂，大地和天空原来是如此浑然的水云间。

你就是自己的蓝色，你就是自己的流动，你就是自己的河岸！它清楚地看到了自己的内心，看到了那些纵横交错、时隐时现的水纹，它们的明亮和灰暗。

原本可以一直蓝下去，蓝成一片行云。

可当它看到大地上的河流，迂回曲折，清澈深沉，稻香两岸，它放弃了做一朵蓝色的行云。它必须为自己增加重量："大地，我如此爱你，这是我存在的意义。"庄重的情感和理想，低低地向大地压下来，在寥廓云天间无声地、无边无际地涌动，生命呈现出新的意义。整个天地等着那愈积愈厚的力量。

闪电的形状就是河流的样子。一条条想复活的河流在天空上闪烁，在云与云之间、云与大地之间咆哮或呐喊。天空变成了一张巨大的水文图，一条条分支很多的河流如影随形地跟着云移动，重重的云里含满了它的泪水，雨滴从空中跌坠下来，碎在大地上。它又变成了水，变成了河流的一部分，流动，变形，飞翔，陨落。它已不再是原来的它，河流里的水已相忘于江湖。它是失乡的人，带着故乡的伤口在大地上流浪，孤独和寂寞没有故乡。

那片干河滩，不惜干裂出一条条空洞的纹，等待着那一川河水，被迫离开岸的水，变形的水，还乡。

站在路边尘土里的老人始终坚持认为，河水认识故道，总有一天它会回来。河边的玉米已经丰收了。玉米叶子在风里哗啦哗啦地响着。人们依然日出而作,日落而息,炊烟照常升起。苍老的父母在昏黄的灯光下,念叨着在外的儿女。

从干河滩出发,三个小时后行至辽宁境内。西拉木伦河与老哈河汇流的西辽河两岸是另外的风貌。不是干枯的河床和九月的草原上已捆起的牧草。我看到,河水浩荡,河面平静开阔,两岸成熟的稻田涌动着金色,河水和稻田在阳光下闪动着一样的光芒。

一群日出而作日落而息的儿女沿河而居,在如水的时光里,慢慢懂得,在泥土多深的位置埋下种子。太阳在大地上投下一道又一道光影,植物的根汲着河水,植物的叶照着太阳,一茬一茬的稻田,弥漫金黄。初生的小婴儿,正在茁壮成长。

"天地之大德曰生。"

河水哺育着人、庄稼、草木以及牛、羊、山鼠和苍鹰,河流从不因它们的不同,而待它们不同。一脸古铜色的老人,已把自己当作一棵庄稼。农闲时,老人喜欢讲古,河流一样绵长,惊蛰谷雨芒种有顺序地流过,他们的方言俚语丰富明丽,老人从河流的水向、从大地上生长的粮食里获取节奏和诗意。

车在稻田中穿行。稻穗在风中沉甸甸地成熟,在阳光下河岸边铺开金黄。日益被人类工业化的土地,沉默中依然生养着物种和记忆。人是一个弱小的生灵,所有的变异,只是为了生存。本雅明道出天机:"人类区区数万年的历史不过如同一天二十四小时最后的两秒钟。"一个微小的时间量,一个微渺的族群,不会令大自然慌张。荒诞和异化,环境的无依,精神的无根,是人类自身的伤痛。

农民沉默着，面对丰收后荒凉的大地，他们没有悲伤。田间遗落的稻穗，值得人们一次又一次地弯下腰去。一个拾穗者，一个稻田里的农妇，谦卑地弓下身子，人类凝重的身躯在大地里寻找零散、剩余的粮食。田里，稻穗如金，天上，鸟雀绕飞，一位粗肢肥臀的农妇，挎着篮子，舞蹈，收获，祈祷，她的脸稻谷一样饱满的丰腴。尘世间洁净清暖的稻香，使她微笑。

世界都静着，又极其明亮。明亮的是水，它说，世界的真相就是透明。一个水珠般的女孩，在河边汲水，头顶陶罐，缓步而行，摇曳多姿，走向河岸上的村庄。陶罐是泥土在火中烧制而成，它的色彩是青青的稻田。罐里是千年的水声，盛满了最古朴的情怀，是无边无涯的时光，是苍凉的民谣，是清淡的乳汁，是亲切的家园，它只是一罐水，承载着所有的想象。

《尔雅》曰：风吹水涌曰波。大波曰涛，小波曰沦……风行水成文曰涟，水波如锦文曰漪。水行曰涉。逆流而上曰溯洄，顺流而下曰溯游。

在水的波涛涟漪中，在辽河与渤海的交界处，生长着野草。

野草的名字叫芦苇，在《诗经》里叫蒹葭。

绿色的苇叶，微风中轻晃着白色的穗，疏朗的清秋，河水清澈流淌，河岸转折了好几个弯，望不到尽头。沿着河岸，逆流而上或顺流而下，道阻且长，百转千回。这样的等待是憨稚的，是久藏在平凡日常中的神圣之光，盈润着简单的生涯。佳人、理想、故园，或是一个朴素的关于稻香的心愿，是否会涉水而来，已经不重要了。以清澈朴素之心，甘愿用足够的孤独去等待，这份诚意才是最动人的。

《诗经》里一条条没有名字的河流，记载了古老的爱情与农事，河水清且涟漪，三千里兼葭，依旧苍茫。

一条河流的故事，是生命本能自然的流响，本该用宁静而缓慢的方式讲述。辽河与渤海有一种天生的默契。辽河流入渤海，如同一条鱼归海，沉静，游动。

辽河的支流中，有一条草原上的河流，流淌着长调和传说，蕴涵着青草和奶香。它像荒原上的一匹骏马，轻轻地抬蹄，就向前飞奔，莫说那路途遥远。

为了抵达大海，那些深夜落在海面上的雨水，那些各有起源的支流，彼此相融。云朵和河水的抵达，无法说清谁更艰难。各自经历怎样一种真诚高贵的生命历程，经历怎样的羁旅，怎样一路用心灵倾听大海的方向。一滴水流入行云、江河、大海；流向有形、无形、广袤、静远。它们在大海里相遇，无所谓彼此是谁，从哪里来，到哪里去，流浪者与流浪者相遇，一抬眼就心灵相通。

"所有的水都会重逢"。站在辽河入海口，站在河与海的界点，我是一个还乡的人吗？我的故乡是我的出生地，还是父亲的出生地？那些不同的蓝色流淌在一起，一个人的乡愁，一条河流隐忍不言的伤，缓缓地流进了大海。

当地人的辽沈口音，把 zh、ch、sh 说成 z、c、s，于我是那么亲切。渐老的父亲，乡音又浓重起来，他在沈阳出生，度过童年，读中学，读大学。他在西拉木伦河畔，娶妻生子，从青年到中年到老年，两边都是一半的山水，在父亲的心里，一样的沉重。

三十几岁，我去大学读书，离家三年，身为妻子、母亲和长女，真是一件难事。

"我要妈妈。妈妈你能再陪我一会儿吗？妈妈不在家，那多么可怕。"第一次开学，女儿这样说。以后与女儿的话别总是很简单。我上学走时，女儿的眼圈微微一红，不肯流泪，不再纠缠。只说一句"妈妈，早点回来"，却从不肯让爸爸去车站送妈妈，两个人都要离开令她更恐慌。小小的孩子，没有离开故乡，而每次分别都使她伤感。

父亲默默地等在楼下，拎着母亲为我准备的糖炒栗子。看到我一个人出来，执意要送我去火车站。我说，打车很方便，不用送。他说，我帮你拎包。我说，包不重。父亲继续坚持："女孩子晚上一个人去车站，不放心。"

车站，码头，渡口，都是充满乡愁的地方。

一本《山海经》，纸质薄软，色黄，字墨黑，小楷体，竖排。是已故去的祖父的书，现在父亲的书桌上。在人生地疏的异乡，乡关何处的空旷和生命的隐忍，如海水一重一重袭来，祖父读着《山海经》，万水千山尽在眼底。古旧的书卷默默地化解一个垂垂老矣的失乡人的精神苦闷。

退休后的父亲，常常坐在电脑前"百度"着"沈阳市第八十三中学"和"沈阳农业大学"，一遍又一遍抄写着《山海经》，一本一本的墨迹，像一条蓝色的河流，从西拉木伦河流向辽河。

两条河流在我体内流动，我发现，一片叶脉盈满了水的树叶，一棵树的根须和枝桠，我的血管，河流入海，这一切惊人地相似，所有的路径，都是一张古老的水系图。我看到了生命的源头，它的繁衍如此郑重，充满了苍茫的时间感。

河流是河流的样子，时光像时光一样默默地流淌，一个人在时间里漂泊，等待。一个人的等待，一条河流的等待，一片大海的等待，也无非是等待着，时光湮没了他们的伤痕和等待。如辽河流入渤海，曲折时曲折，汹涌时汹涌，平静时平静，赤条条来去，本应无牵挂。

河流入海，是一个朴素的信仰，一路抵达精神家园。而我们缺失了其中的缓慢和宁静，缺失了笨拙的执意和古老的单纯。灵魂的去向，才是故乡。

今夏在北京的天文馆，和女儿一起玩"找自己"的游戏。巨大的电子屏幕上是宇宙，是无限的时间和空间，一个个闪烁的星光，像大海上的渔火，像一只只萤火虫。我们点击着屏幕上变幻的光点，寻找银河，寻找太阳系中小小的行星。

一颗叫"地球"的行星在宇宙深处流浪。

在行星的北半球，一个几千年的文明古国，一条叫西拉木伦的河流，茫茫人海。从天文馆回来，女儿画画，画太阳，画木星，画月亮，她在画纸上写着：太阳是一颗星星。下面又注了一句：太阳只是一颗在白天升起的小星星吗？

星空，倒映在梵高湛蓝的眼睛里。他用一种从未有过的光亮，画出宇宙的形成，画出星辰的流转和变化。他画的夜空，像流淌的河流，和世界一样古老的河流，每一个水波深邃神秘，栖息着无数的星辰，闪烁着爱。

在梵高画出《星空》八十一年后，美国乡村民谣歌手 Don McClean 看到了这幅画。

他看到梵高，在《星空》上用一双温暖的眼睛，注视着这个世界，深情地抚慰 Don McClean 生来就有的孤独。Don McClean 写下一首同名的歌，"星夜下，你的爱依然真实存在"，简单的吉他伴奏，缓缓唱来如同旧友。一种最原始最本能的珍惜，目光凝注处爱怜的一瞬间，使我们勇于直面无依无根的命运。

　　夜行船缓缓驶来，水鸟沉默地飞翔。我看见星星、月光、渔火、波涛，也看到海滩上凌乱的礁石。我与我所看见的，都是天空和大地的孩子，与万物一起，依偎在无边的时空。

端　午

在西辽河流域，嫁出去的女儿在端午节有回娘家的风俗。

前些年，我们还在老家。五月初一，我们回到母亲家。母亲把早已准备好的五彩线系在女儿粉嫩的脖颈上，拴在女儿莲藕一样的手腕、脚腕上。红、绿、黄、白、黑五色粗丝线搓成彩色的线绳，叫五彩长命缕。端午节后的第一场雨，把脖颈上、手腕脚腕上的五彩线剪下来扔进水洼或河流。天晴后，五彩线在水的外面，沿水而居，就像沿着河流定居下来的人的群落。

退休后，母亲每年端午都亲自动手包粽子，她拿出一个星期挑江米。这件事她只一个人做。

戴上老花镜，把新买来的江米拿出一把撒在茶几的玻璃面上。母亲退休前是统计师，她用统计师的精准把混在江米里面的大米、杂质和不饱满的米粒移到一边，挑出她相中的米。一个粽子里有多少粒米，母亲心里也是有数的。

每一粒米蚕茧一样圆圆胖胖。

我居住的塞北不盛产香软黏滑的糯稻，它的生长是与种谷相同吧。西辽河流域的敖汉旗还保留着古老的农耕习俗。每年春天播种前，农民挑出几种不同的谷子，放进缝制好的布袋，悬挂在水缸沿上。几天后，哪种谷子先发出白玉一样的芽，这一年就选哪种谷子播种。农人们还会去旗①博物馆拜一个陶土做的人像，是传说中的巫者或是王者，在几千年前，他曾与神对话，与天地对话，祈求风调雨顺，谷物丰收。农民愿意用老种子，耕种时还用古老的石头农具，一代一代传下来的叫碌碡的石磙，重量正适合这片土地，压上去不松不紧。在他们田地的不远处，有考古学家还原的八千年前红山文化的村落，出土了八千多年前粟的碳化颗粒。农民春耕翻地时，刨出了先民农耕的磨制石器，石镰、石斧、石耜，还有不知道用途的农具，它们不是天然的石头，像去了谷皮的米粒一样被打磨过。

茶几上的江米也是从一把选好的种子开始，一粒米是天地人的合作，道法自然。从春种到秋收，直到扬场时的风，把谷壳稻壳和米粒分开。

一粒米在母亲一圈圈椭圆的指纹里，从玻璃面上轻轻推过去，像是从风吹起的波纹上划过去，相同的路径，不延宕不改变不围困，叮叮冬冬地落在下面的瓷盆里，一粒一粒，像水滴一样有耐心，像落入土地中的雨水一样自然。

母亲是从县城考到市里师范学校的女学生，长得美，会弹风琴唱俄语歌。毕业后回到县城的三四年正是谈婚论嫁的年龄，有媒人来踏门槛，有小伙子投来过热烈的目光，母亲总是羞红了脸垂下头。一直到了二十六岁。她的弟弟，我的舅舅已娶妻生子，她和他们生活在一起，上班之余哄逗着三岁的侄女一岁的侄子。

---

① 旗：内蒙古自治区的行政区划单位，相当于县。

"这书是念坏了。"邻居们说。

她想嫁给一个大学生。她在众人的旋涡里，按捺住内心的丰饶，继续等待，时间漫长好像历几世几劫。等待，是一件痴事。

那时我父亲远在沈阳读大学，不知道有一天会到边疆生活。母亲二十六岁时，一百零一名支援边疆的大学生穿越了几百几十几道山河来到内蒙古，这群人里有我的父亲。

外祖母说，她听到两个人在屋子里唧唧咕咕地说开了，还苍苍莽莽地唱了她听不懂的外国歌，心里的石头才落下来。

婚姻生活与母亲婚前的想象不同。母亲在新鲜的生活里尝试自己蒸馒头，第一次把面发大了，手一伸进去，千疮百孔的气泡黏在手上，瞬间千丝万缕。千丝万缕的生活里，她生养了两个孩子，为女儿取了含玉的名字，变成了痴心父母。母亲安心于一日三餐和洗碗。这些洁白的熟悉的瓷器，每一只上挂着二三个米粒，母亲每天把它们放进水槽，打开水龙头，每天三次把它们放进橱柜，又取出来放在餐桌上。有时橱柜门的一个螺丝松了，金属合页半悬着，一打开橱柜，门歪歪斜斜地滑向一边，母亲就大声地抱怨父亲。尘埃是更细密的磨砺，无声无息地落在一切事物之上，它们像飞翔的蒲公英种子，飞着飞着，又停在刚洗过的瓷碗上。一件瓷器摩挲成一块白玉，一双手从粉嫩灵巧到苍老迟缓。母亲仍一遍又一遍地抚摸这些碗，水流每天从她的指缝流过，在水槽的出口打着旋涡流入大地上人工挖掘的管道里。

母亲越来越胆小，她担心这怕那，两个女儿和两个外孙女使她在四十多年的时间里做事畏缩顾忌。她五十多岁开始迷信。六十岁以后，每到新年，都要买三本黄历，不仅去书店，还要去地摊买。每天清晨，她戴上花镜对照着几个版本不同的黄历，时间分成了两个小时的一个时辰。

我们每次离家的时候，母亲执行着两件事，吃饺子和吉时出发。有时，母亲查出的吉时要比发车的时间早很多，她说在车站多待两个小时没关系，只求平平安安。煮饺子这件事母亲也必须亲自做。她双手紧握住勺柄，指尖上常有一丝面粉的痕迹。妹妹在美国教书的那一年，假期要去西部旅行，母亲在越洋通讯软件里指导着出行时间，把相隔的时差和黄历上的时辰进行着换算。

年近七十，母亲心气弱了很多，人却勇敢起来，又变回了那个曾经痴心等待爱情的勇士，她在查黄历上消磨的时间少了，她的年轻母亲的心已是一颗老母亲的心了。

父亲母亲七十岁后的日常是一个抄书，一个养花。细密的水珠摩擦过花的枝叶，细密的笔尖摩擦着一张张笔记本的横格纸，这样的摩擦不再关乎理想，不再关乎自己的和儿孙的成长，不是必须做的日常，他们热爱和享受着这样的重复和单调，心里有很饱满的快乐和不计得失的专注。这很像女儿小的时候，喜欢的事情就要重复做很多遍，毫不保留地表达她的快乐。平时，母亲要求每天晚上十点熄灯，父亲总是听话地执行。过春节时，大年三十的风俗是要通宵掌灯，父亲快活得像一个孩子，他守岁抄书，把喜欢的从一个笔记本抄到另一个笔记本上，横竖撇捺工整有法。

生命是一个自然的过程，衰老海啸一样，他们任凭海水袭来，击打每一根发丝每一个关节每一个脏器。如同中年时藏起生活的艰难，他们老年时深藏住病痛和对孩子的想念。

父母总是一次次地板起脸来把我们从他们的身边撵走。少年的时候要我们去远方；我们各自成家后，每到过年过节都要求我们去婆家。他们说，我们已安排好去旅行了，你不用惦记我们。

父母已习惯了自己过年过节。

只有这一个端午节。

母亲提前两个月就打电话问我们是否能回去。每次通话都要重复这个问题。如果我们回不去，母亲就把粽子冻在冰箱里，一直等到我们回家的时候。就像离家时候的饺子，端午的粽子也是一定要吃的。

母亲挑米时，父亲一手拿着笔，一手扶着镜框，给我们讲挂葫芦的来历。除了人的求生、祈福这些节日里普遍的心意，葫芦是藤本植物，有藤蔓绵延的愿望。传统的风俗是人类从自然里诞生的精神，一个一个古老的民俗节日，保留着世代相传的习惯，保留着起源于农耕时代先民们朴素的对生命的愿望，在时间的河流里缓缓闪动，成了世俗生活里的人文关怀，使生活充盈动态。

一粒一粒江米以滴水穿石般的耐心拣选好，提前三天清洗浸泡上。

初四包粽子。包粽子之前江米还要认真淘洗，母亲双手捧起米，掬水弄涟漪，双手像贝壳一样，珍珠米回到贝壳里，白色的有着细小泡沫的洗米水在一粒粒江米和母亲的手上漾来漾去，像海水不断地冲上沙滩。

粽叶已从先民用的树叶流变成现在普遍用的苇叶，状若古时写字的鸡毛笔。包粽子的当天先把苇叶和野生马莲洗净煮软，包的时候选二三片粽叶，上面的粽叶压住下面粽叶的一半，错开折叠成锥形，像糯稻成穗时的圆锥花序。在虚拟的花序间放进大枣和浸泡过的江米，粽叶的另一端慢慢卷起来，马莲一道一道地缠住。每一个步骤是一种仪式，繁复的过程里有和远古的先民一样的心愿。母亲的双手不如年轻时有力量了，可粽子还是包得有棱有角。

晚饭后，父亲开始煮粽子。除了粽子，同时放在锅里的还有腌咸了的白色的鹅蛋、淡青色的鸭蛋、红色的鸡蛋。粽子的味道飘出来，粽子和鸡鸭鹅蛋的周围翻滚着气泡，摩挲着食物的边缘，渗透进苇叶包裹着的一粒一粒米里。

月亮升起来，初四的月牙细细的。一钩新月照在数不清的灯火上面，照在数不清的河水上面，时光一圈一圈地回漩。我退回到一个初民，得到了自然最原初的启示。

远道而来的先民，把一块大自然里的石头磨制成草履形的石耜，一个古老的农具，它的形状像一只单细胞的草履虫一样简单原始。

先民们拾起石片时目光清澈，如同女儿拾起小石子放进玩具车里一样的单纯喜悦。有一天，先民们在河边发现了一块不同的石头。玉还是璞的样子，它和普通的石头更相像，内里的美玉被完好无损地包裹在石皮里。

磨玉的先民用手握暖石料，像大地在春天握暖一粒稻谷。他用眼睛看穿玉质的天然色泽和纹理。他在河水边琢磨了很久。唯一的一双手，唯一的掌纹和指纹，唯一的纹理和命运融化进璞玉。他感知到月亮的圆缺，碎屑和粉末随着风随着水随着时光飞逝。专注在这样孤独的循环里，人的心灵与万物的自然相磨合相融合，诞生着人类的文明。他把磨好的玉送给了爱的女人。世界上最古老的玉耳饰，辽河流域的岫岩玉磨制的半透明的玉玦，一个不规则的圆环，圆环上一道细细的缺口，卡在远古女人柔软的耳垂上。

我想，磨玉的先民是看到了滴水穿石。我想，这丁咚的声音就像母亲挑米。

在熟悉的我长大的家里，熟悉的味道里，我望着天上的月牙，像望着玉玦细细的缺口，可以穿越过去和未来。

我穿越着一圈圈细小的时光，一个顽童随手扔出的小石子敲到了时间的水面，时光动摇，涟漪相续。我回到了生女儿的时候。

我看到测孕试纸上两道浅浅红痕。

我收藏着一张"中华老祖母"石像照片，是"红山文化"考古研究者发现的中华大地上最古老的人物雕像。石像的腹部鼓起，孕育着一个新生命。她双臂自然下垂，双手交叉于前胸，坚毅的唇，大眼坦视前方，古朴的力量里透出柔美。八千年前，在我生活的这片大地上，不知道是谁塑了这个雕像，塑的又是谁。生儿育女是天性是本能，生命是那么自然的事。

女儿顺利地出生了。

母亲拿来一个牛皮纸袋，里面是七味草药：当归、川芎、红花、桃仁、甘草、干姜、益母草。这些草药适宜产后调理，先武火后文火，红红的火苗舔着陶罐底。

对我一向严肃的母亲柔情起来。今天把一副银锁银镯放在女儿枕头下面，明天又拿来一个红肚兜，红棉布面儿，手绣莲花，丝带是一种柔软的红色。

"打一个结，活扣。"

母亲教着笨手笨脚的我。捋着女儿莲藕一样的胳膊腿，微笑着："愁养不愁长啊！"

在女儿出生之前，我不知道人的初始状态是这样的混沌，一天二十个小时处于睡眠中。她的样子小小的，身子软软的，人之初如璞玉，不琢不磨无思无虑，稚朴天真地观照着这个世界，世界也这样望着她，世界是那么的有趣，女儿清亮的眼睛看来看去，她不会嘻笑不会挑剔，不藏是非美恶。

时光像老式的摇篮车一样吱吱嘎嘎地响着，在大树里一圈圈地旋转着，摇篮里躺睡的小女儿有一天也会成为母亲。

　　我回到穿着婚纱时的明澈。回到在仓库里发现写满了汉字的镜子时的好奇。十二岁的时候，我在仓库的角落里看到了一面磨得光滑的镜子，是父母结婚时单位送的礼物，我用手指擦拭着上面的尘土，汉字一个一个显露出来，单位名称，祝福的话，"一九七二年十月十二日"，汉字写满了镜面，那些祝福的话，话语很新鲜，如同现在婚礼上的祝福一样。从那些汉字的缝隙里，我看到了我，年少流着口水等粽子的痴狂，腕上系着五彩线的天真。

　　回到娘家的女子，变回一个柔软的婴儿，变成一粒稻谷，回到母体里那片宁静海。

　　我也看到了，我的老年，我又瘪缩又丰腴。尘埃和迷雾形成我苍老的石皮。我像母亲一样要孩子去远方，在端午节前搓五彩线，丝丝缕缕地牵挂，一丝一缕地扯断。戴着老花镜挑江米，每挑一粒米，也像母亲一样，有虔诚也有畏惧，在心里默默地说，一粒米是一个朴素的愿望。

　　家里的粽子香味总要持续十天半个月的，端午节这天又混进艾蒿的清香。

　　我像母亲招呼小时候的我一样，招呼女儿起床，用烫好的艾蒿水洗眼睛和耳朵。五色新丝缠角粽，解开绑的野生马莲，粽角一粒红枣发出红宝石的光芒，原来不透明的江米一粒一粒灵动剔透，一颗粽子浑然天成，不粘叶，从黄绿色的苇叶上滚落到洗过的碗里，滚动着庄稼的颗粒和挑米的声音。

　　这时母亲总会说，看，像一块玉。

你好，机器

从一九九二年到二〇〇三年，我的职业是微机打字员。

我用的第一台机器不是微机，是一台国产的四通汉字处理机，STONE MS－2401。STONE，石头的意思，也许是一颗从某一个星座降落人间的没有命名的星星。

写这篇文章的时候，我百度了这个机型，才知道这种机型生产量很小。我是很荣幸使用到它的人。如果有一天，我遇到一个也使用过 STONE MS－2401 打字的人，一定像在异乡遇到一位多年不见的老乡，就像说起故乡才有的风物一样，我们一起说起它的操作，它的打印头和键盘发出的声音，它更换色带的方法，它转动手柄卷进白纸和蓝色蜡纸的不同，它使用的 3.5 英寸的存储软盘，它窄窄的蓝色液晶显示屏，能显示五行四十个汉字。

也许我们还都拥有过一本磨掉了封皮的《王码五笔字型使用手册》。在使用 STONE MS－2401 之前，我还曾在白纸上画出键盘练习。白纸上落满了看不见的我的指纹。

办公室里的另一台机器是长城 0520CH，装着汉卡的显示汉字的电脑。米色的，或者是乳白色。拿来这台机器时，它已半旧。

古老的 DOS 界面和 WPS 汉字处理系统。CPU 很慢,很安静。它使用的 5.25 英寸黑色软盘,有点像变成了方形的黑胶唱片。用之前要先格式化,磁盘被分成若干个磁道和扇区。我的打字速度比长城 0520 的显示速度快,只看到显示屏上的一字光标一直往后走,汉字不出现,要稍微停一下等一下,屏幕上就开始显示汉字了。

之后是 IBM 286 和 386 电脑,当时的它们像外星人一样奇妙。这两台电脑的价格是旗里一套房价的二十倍。后来,贵族 286 沦为网络语,形容蠢笨落后的人。

我在一个以牧业生产为主的旗里,一台台更换机器的时候,隐约知道距我们县城五百七十公里外的一座古老的城市里,有一个叫"中关村"的地方,那里在不停地走动着充满了思维"二进制"的人,他们的大脑里只有 0 和 1 两个数字,他们和生命较劲,要么一无所有,要么"道生一,一生二,二生三,三生万物"。他们把 0 和 1 这两个数字无限循环排列,扩展着新一代 PC 机的内存。

我不会把 0 和 1 进行无限的循环和排列,我给它们想象,0 是辽阔的圆,1 是自由的直线。我把它们想成一个法国长棍和煎鸡蛋,一个圆口火锅和在里面翻动的筷子,或是一列火车和它即将通过的隧道,或是长河落日和大漠孤烟。它们像伸出的双臂和打出的一个浑圆的哈欠。像一次直直的发呆和一个圆圆的寥落。也像一条童年的路和路尽头枝叶繁茂的绿荫。像太级的阴和阳,黑和白,黎明和黑夜,生和死,一个孤独的人站在荒原上或苍穹下。

我对 0 和 1 产生幻象的时候,人们对电脑的想象,总是和缝纫机连在一起。电脑桌似两头沉的写字台,台面大一些,两头沉的桌子中间贴着地有一条黑漆铁板，工作时我的脚放在上面。打印机是16针的针式打印机，声音很大，有时像做木工活，有时像刚学二胡的人奏出的曲子，一进办公楼就能听得见，吱嘎嘎，色带盒像弓箭，打印头在弦上走过去，吱嘎嘎，再走回来，一行字打出来了。一位同事到我那里取材料，我从目录里找出来，开始打印，她惊奇地说，我打字那时候，一个铅字一个铅字地找出来，对准，敲在蜡纸上。现在你双脚一踩，字一行接一行地出来。

后来用的机器是康柏（Compaq）多媒体一体机，像一个胖墩墩的小矮人或是森林里的一个小怪兽。多年后，它被人类的理想和创造压缩成一个薄薄的笔记本电脑。我用的那台里面有一个智力游戏，背景音乐是《胡桃夹子》，每做对一道题，王子就向公主走一步，做对了九道题目，王子就走到了公主面前。

这个游戏有故事有悬念有音乐，与我迷上的第一款电脑游戏俄罗斯方块相比，复杂很多了。

俄罗斯方块像俄罗斯文学一样令我着迷。还没有互联网的时候，加班的深夜等稿子改来改去的大量时光，俄罗斯方块一直陪伴着我，游戏升级时背景颜色的每一种变化都给我无限的惊喜。各种不同颜色不同形状的几何方块下落，变形，堆叠，消失。我总会贪心地留出一列的缝隙，等待"1"一样的四格长棍，一次消四行，得分加倍，心底愉悦欢喜。当下落的速度越来越快，搭建的方块越来越高，这样的等待是一种冒险，终于"1"字长棍出现，手一抖，放错了位置，一局游戏结束。再来一局还是果断关掉？这样停顿的瞬间，就像之后在手机上对一款游戏的不断卸载和一次次安装，一款简单的游戏一直出没在我的生活里。

康柏之后的机器是国产的联想，各种各样的联想电脑，从显示器是方方的呆头呆脑的，到后来的液晶显示器，我对机器或新或变化习以为常。上级单位每年都有支援来的电脑，最好的机器总会放在打字室里。

用"四通"打字的时候，我和汉字产生了一种亲缘，不论它们以什么形式出现，在我的大脑里迅速变成七零八碎的字根。

"王旁青头戋五一，土士二干十寸雨"，这像字谜又像古诗一样的句子一共有二十五句，是五笔字型的字根表，我背的时候总把它们当作唐诗，注入想象力和韵律。

当我要打"沉淀"这个词，我敲下"IPIP"，打出的是"深深"。我一边用回格键删除，一边喜悦，觉得这是两个非常有关系的词。

有一次我把一位同事的名字"吉日嘎拉"，误打成了"吉日拉嘎"，这位同事在校对时说，蒙古语里"吉日嘎拉"是幸福的意思，"吉日拉嘎"是理想的意思，感谢你给了我一个新名字。

我在拆解这些汉字的时候常想，这些汉字，它们的本和源到底是什么，当它们被五笔字型拆解又被重新组合后，它们的生命里有重生的一些东西，不同于《尔雅》和许慎的《说文解字》，也不只是《辞海》和《康熙字典》里的样子，我和它们那么近，却永远不能知道它们到底是谁。

我的手指在键盘上流动的速度越来越快，渐渐地我不会拆字了，最初背下的字根也慢慢忘掉，变成手指记忆了。

坐在电脑前，我双手的食指自动地放在键盘的 F 和 J 上，这两个键上有小小的凸起，帮助我不用看键盘，手指就知道每一个按键的位置。我的眼睛盯在手写的文稿上，我的手指毫不迟疑地依次落下，我的眼睛指挥着我的手指机械地流动。从职业术语上说，这是盲打。我的大脑基本空闲下来，像一个机器人一样看着这个世界。世界很简单，只有0和1。世界很简单，只有鼠标和键盘。世界很简单，只有F和J两个键上小小的凸起。F键和J键，它们是只比指甲盖大一点的岛屿，我一直在那里停泊，仿佛没有任何时光流逝。

整个的九十年代我都在机器前打字，每天擦掉机器上的灰尘。那些汉字，逐字又逐行，每一个汉字被我的手指敲碎，在电脑屏幕上聚合完整。我双手停在键盘上，就像一只蚂蚁的两只前足认真地停在大地上。

"政府办打字员小杨。"

我介绍自己的时候这样说，别人介绍我的时候也是这样说。这是我的第一个社会角色。我没有学历，什么也不会做，终于有了一份这么美好的工作。我被这份工作迷住了，我可以自食其力，慢慢地又体会到了游刃有余，我不知道世界上还有没有比我更喜欢打字的人，我想我要为打字事业奋斗终生。开始工作时是单休，后来实行了双休制，我的休息日都是工作日。单位有十二个秘书，十二个主任，十二个旗一级的领导，他们个个都挥笔如剑。旗里有随时发生的大事小情，我要时刻准备着坐在电脑前。那时旗里只有三两个会微机打字的人，遇到停电，单位的同事会迅速把我和机器转移到旗里的宾馆，那里有发电机。

秘书们在新来的时候汉字写的是静中有动的行楷，当他们成了一个个老秘书的时候，他们的字比狂草要抽象简化，笔画连绵得如同一行行心电图，上面点着几个点。我毫不费力准确无误地把曲线折线和点阵化成汉字。秘书们修改后的文稿，有各种标记符号，像深山藏宝图，修改它们的时候，我发现了字、词语、句子的无限变化和各种奇妙的关系，仿佛它们并不是规矩的公文。

我喜欢加班，尤其是那些加班的深夜。秘书们逐字校对文稿、挠头修改文稿的时间漫长安静，我把喜欢的书打在机器里，或是在机器上写一封长信。

我的办公室里没有能写字的桌子，总有不止一台电脑。后来一台机器连上了网络，在加班无限等待的时候，我用另一台机器上网。那是一个奇妙的世界。如果没有加班和网络，我的生命真是另外的样子了。

刚有QQ的时候，我一下子喜欢上了这种沟通方式，沉默得像机器一样的我，可以兴奋地说话。我同时和四个人聊天，四个陌生人。他们一个在北京，一个在上海，一个在伦敦，一个在温哥华。对面的人是模糊的，又是清晰的，聊到没什么可聊的时候，就问一句：你那边是几点？

每一种新的软件我都下载，QQ、MSN、UC，有很多的账号和密码，下载得越多，人却越沉默。即使登录了，也常常隐身着，什么也不说，不知道是开始心疏意懒，还是因为沉默的人终究还是要回归沉默。很多人都在线，也都像我一样，隐身、潜水，一个字也不打，却也不关闭，电脑上蓝色的光标不停闪烁。也许我们都被网络里那个越来越真实的另一个自己吓坏了。

有一个冬天，雪连下了三天，正遇圣诞节，一位网友在QQ对话框里送了我一个礼物，这是一个第一次在网上遇到对我说"夏祺"的人，彼此都隐身了一个季节，现在对我说"冬祺"。

我点开那个软件，电脑屏幕上飘起了雪花，电脑上的图标、鼠标停留的周围、对话框上都一片一片地落满了雪花，QQ小企鹅的身上也落着雪花。我把电脑桌面换成圣诞图案，穿着厚厚衣服的圣诞老人，挂满灯和礼物的圣诞树，驯鹿和雪橇。窗外下着雪，雪花在电脑上一片片落下，积在圣诞树上，飘落在圣诞老人、驯鹿和雪橇上面，我仿佛置身旷野，世界很安静，在等待雪橇的铃声。

"不是我不明白，这世界变化快。"七十年代出生的崔健唱着他的摇滚出现在九十年代。

旗政府大院，最里面有一幢青灰色的二层小楼，楼里各种录音机的卡带上常常放着的是这首歌。还有《一无所有》和《新长征路上的摇滚》。

楼里住着新分配来的大学生，他们的家在村里乡里或邻近的旗县。毕业了，工作了，自然要谈婚论嫁。小镇上每年就分配来这么一批大学生，早有好多适龄的女孩子男孩子在等着。青灰色的小楼上，据说常有相亲的人提亲的人，这周从这个房间出来，下一周就去另外一个房间，几步之遥，几天之隔，人生里就是另外一个男人或是女人了。而流传下来的都像是故事，比如，同在这个楼里的一个男孩子为了追一个楼上住的蒙古族女孩，每天学蒙古语，语言还没学通，女孩已给他发来了新婚喜帖。

"我要给你我的追求，还有我的自由，可你却总是笑我，一无所有……"

"一二三四五六七……"

这些歌声从那栋楼每一扇关住的门里传出来。

这幢楼很是热闹了一阵子，无论他们曾经有怎样的故事，二层小楼上住的男孩子女孩子们都陆续成家，成了男孩子和女孩子的爸爸和妈妈。再过了两年，没有了大学毕业后分配这回事，青灰色的二层小楼人去楼空。先是搬来了一个新成立的单位，之后二层小楼被拆除了。现在，我依然清晰地记得，楼里住的两位学法律的蒙古族女孩，长长的腿，长长的发，青春飞扬地在政府大院里走过。我站在三楼的微机打字室的窗前，羡慕地望着她们，只有中学毕业的我，不知道外面是什么，大学是什么，自卑得如同角落里的尘埃。我学着她们的样子，也穿着一件白衬衣，长长的浅紫色的裙子，裹着躲躲闪闪的青春。

有一天，我的肩剧痛了一下，我拿在手里的一本书掉在地上，这个时刻很短暂，我的手指重新放在键盘上，我的手指在键盘上奔跑。我的心里有了一个担忧，如果有一天我打不动字了，我想做一个收发员。我很羡慕单位里收发员的工作，他负责分发整栋办公楼里的信件。写信等信和发信都很美好。我的同事告诉我，这个工作你做不了，这个工作要蒙汉兼通，你不认识蒙古文。我只能放弃了一个理想。

不再打字后，我的工作异常空闲，家里还没有电脑，网费还很贵，周日常和父亲一起去网吧，他学会了五笔字型打字。周围的人不理解我们这对出入网吧的父女。

那时的政府大院紧邻着图书馆和新华书店，我在图书馆和新华书店里寻找着那些在 QQ 聊天或是一些网站论坛里知道的书籍。办公室是西窗，风从开着的窗户吹进来，掀动着办公桌上的报纸。我站在窗前发发呆，看落日缓缓落下。

那些书籍使我有了一些勇气，有过几次觉醒，对自己进行过几次格式化，格式化如同凤凰涅槃，很多次以后也会得到重生。我找到了另外喜欢做的事情。我的手指依然长时间停在键盘上，按键里藏着汉字、细节和命运。

二〇一七年夏天，我在图书馆看到一张二〇〇五年夏天的旧报纸，上面刊登了一则"寻人启事"，长城公司在寻找长城 0520 第一位用户。为什么在这一年寻找，是因为 2005 是 0520 的重新排列吗？看着报纸，我也想起了这位老朋友。

时间返回到一九九二年，没有苹果手机，没有苹果电脑。比尔·盖茨在微软提出了"指尖的信息"，只要鼠标点击，就可以选择。乔布斯正年轻，在 NeXT 电脑公司展示他设计的最新电脑，看到的人说："它太难了，为什么让它这么难用？"

他们是孤独的摸索者。

人对电脑的追求是一种无限。在二〇一七年，人的指尖和被咬了一口的苹果标志发生了异常密切的联系。"苹果"店人来人往，电脑和电话早已连在一起，缩小至掌中。双手捧着 iPad，对着屏幕憨笑，不停地更换着手机，两年后一部手机会变慢，会进维修店，五年后会变成零部件被回收，成为一些电子垃圾，深埋进一个荒僻的山沟。人们不再看星空，而是盯着屏幕的闪烁。一会儿微信叮咚一声，一会儿 QQ 的图标亮了。在停电的瞬间手足无措。

古老的谚语说："一切都在改变，我们随之而变。"

年复一年，我不断升级，也不断老化。有一天，看着镜子里满是皱纹的自己，我想起坑坑洼洼、被换下的灰色的色带。打印针头在它的上面一次次滑过，吸走了乌黑光亮。单调相同的日子，如同被复制粘贴，记忆里是虚无的碎片，时光如重叠的幻影，即使可以用 WORD 命令查找，却不能替换。我像一台老机器，等待着一个命令使我恢复到出厂的状态。如果能恢复，也是不合时宜，不珍贵也不稀奇。人到了四十几岁，遗忘忽如冰山，冰冷而巨大地进攻着大脑，手头上的事常常整片地被删除，如同电脑的

E 盘或 F 盘突然消失了。

一九九二年，我是一个十九岁的小女孩，细瘦，木讷，曾在一张白纸上画下微机的键盘，常在下班时找不到自行车钥匙。

二〇一七年春节，回老家过年，我从政府旧办公楼的楼下走过，抬头看了一眼我曾经站立的窗前，空空荡荡，曾经的小女孩已经成了一个站在楼下向楼上张望的异乡人，一个十六岁女孩的母亲，一个四十多岁的微胖女人，唠叨，每天早晨对女儿说，"钥匙，水杯"。我的嗓音像边缘磨损的光盘，有了几道划痕。

人生际遇何相似。一个人的老化足以令一台机器惊讶。同学朋友多年未见后重逢，在内心惊讶彼此的衰老，却不愿也不肯说出来。我好像又回到了那间老政府楼的打字室里，那些我用过的机器出现在我的面前，它们包围着我。看到似曾相识的我，它们一起启动，我曾敲打过的键盘像智能的无人弹奏钢琴的琴键一样依次起落，速度比时间更快，屏幕上出现了相同的一句话："是你吗？"

这些机器现在散落在何处呢？是否被另存在我找不到的路径下？

曾珍藏在 3.5 英寸软盘里的信，再也找不到地方打开。

那些丢失了密码的邮箱，消失在茫茫网络里。

机器变来变去，唯一不变的是电脑键盘上的字母键，像已排好的日月星辰一样，有序而规律。从一开始就各就各位，各得其所。我的手指从最初的八十三键到现在的一百零八键上滑过多少遍？那些轨迹如果连起来，比天空上的星座还要神秘。

第一次觉得电脑和星空有关，是很多很多年前了。那时市里也还没有专业的计算机维修机构，旗里更是没有。来修机器的是一些漂泊的南方人。与北方人相比，他们瘦，白，矮小，说话低声细语。他们从江南来到塞北，随身背着一个公文包，拎着一只小箱子，不合体的西装从肩膀上松垂下来。我看他拆开了长方体的卧式机箱，里面神秘有序的排列，使我想到了星空。绿色电路板上无数的小元件、小圆孔和一群群错落有致的小锡点，像一个个星座。

印　证

在一张很普通的信笺纸上，印着这样的字："没有人能够告诉我，山那边有没有住着神仙。"这是一句歌词。是我曾经喜欢了很多年，而现在几乎忘记了很多年的一首歌——《童年》。

看着这句歌词，我仿佛又感觉到了豆角落地的声音和那简易的书架散发出的古朴的书香……

原来，歌是一种记忆啊！它能够直接而又清晰地印证往事。

在一首首老歌中，往事变得晶莹剔透了……

——题记

一

那是童年和少年搭界的时光。我第一次听到《童年》就很认真地喜欢上它，不知是因为它的自然、流畅，还是因为我是一个看多了童话的孩子，对神仙公主情有独钟。

我几乎喜欢《童年》的全部歌词，不论是"阳光下的蜻蜓"还是"水彩、蜡笔和万花筒"，因为它的每一个词都表达着我那小小的易感的心。只一句例外，那就是"盼望着假期，盼望着明天，盼望着长大的童年"。每唱这句的时候我就会自作主张地改词。我是盼望着长大的，因为小时候我们总爱把梦做得过于美丽，总是固执地傻傻地认为，所有的愿望只要长大了就会一一实现。但是我想不明白长大和假期有什么关系，我是从心底里不喜欢假期的。因为父母工作很忙，家里又无人看管我们，所以每一个寒假我和妹妹都会被紧紧地锁在屋里面，我们只能把脸贴在美丽的冰凌上想象外面的世界。很多的时候，我们也会把无限的想象力发挥出来，我们使用过所有能被我们利用的"道具"，乐此不疲地玩"过家家"的游戏，我们常会被自编自导自演的"戏"感动，觉得自己是这方面的天才。

　　暑假的情况要好一些，只锁大门，我们的空间就扩展到整个院子了，我们可以玩捉迷藏。绿油油浓密密的豆角架里是我们首选的安全地带，所以豆角地是被我们破坏得最惨重的地方，我还记得很多嫩嫩的豆角从架上落下来，敲到我们同样鲜嫩的额头上。

　　在我们又稍微长大了一点以后，我们开始瞄准爸爸那用几根木棍和几块横板做成的简易书架，我和"闲书"的交情就这样开始了。那以后的很多事情证明，它们使我误入歧途又受益匪浅。

二

　　高考后一下子就无所事事起来，不知道该怎样打发那么多空闲出来的时间，于是白天便做"觉主"，晚上却异常精神，常常把电视看到"再见"为止。

那时有部电视剧每天深夜才播，而且连续两集，我便把一天的主要精力都集中在这上面。这部剧对我来说已不能简单地用好坏来论，它充实着我空空落落的心，平衡着我的情绪，直到我终于有了点事情做。

我去了报社，那一直是我梦寐以求的地方。上班的第一天，一位同事问我是哪个学校毕业的，当知道我仅是高中毕业，竟当时就做出一脸不屑，并掉头走开。

他的表现深深地刺痛了我。接下来是一段空前否定自己的日子，我对做好任何事忽然丧失了全部的信心。我把自己完全封闭了，只有那部电视剧的主题歌陪伴我："一生何求，常判决放弃与拥有……一生何求，妥协也试过奋斗……"那段时间，我是那样的迷惘，那样的茫然，只一味地去感受歌声中的苍凉。

再后来，我选择了一份单调重复的敲击键盘的工作，把自己弄得像神话中的大力神西西弗。众神之王宙斯为了惩罚大力神，命令他将一块巨石推上一座大山顶，可是那石头每每又不可阻挡地滚到山脚，于是西西弗又得走下去将它推上，永远重复，永远循环，永无结束解脱之日。

繁重的工作占据了我全部的时间，偶尔空闲的时候，我就听郑钧的《灰姑娘》，每次听的时候，都自哀自怜的。

就是在盼望着水晶鞋的时候，我喜欢上了已经火了很多年的崔健，也许是压抑得太久了吧。听崔健的歌，是一种喝过浓咖啡后兴奋不已的感觉。我喜欢"我要从南走到北，我还要从白走到黑"，我喜欢"你问我要去向何方，我指着大海的方向"，我喜欢"你的自由是属于天和地，你的勇气只属于你自己"，我以为吼一路浩歌就能拓一片天地的。可是有一天，我看到了这样一句话：你想自由吗，天和地就把你束缚住了。这句话一下子击中了我的要害。我明白，其实我也就是听听，因为束缚我的东西近在咫尺就有很多很多；我清楚地知道，今生我只能是一枚没有珍珠的贝壳，岁月留下的只是平凡的痕迹。我只是笼中的鸟，即使我曾有飞翔的能力，但是，慢慢地，翅膀都退化了。

以后，我也会听听崔健，但是都听得很旁观。

三

想起一首首老歌，就像翻看一张张隔年的贺卡。而今，曾经一起细细致致挑贺卡、认认真真写贺卡的朋友却天各一方。

想起月光如水的晚上，曾和翦一起逃过晚自习老师的眼睛，去操场念苏轼的词。

想起愚人节的时候，曾和翦一起约定今生不做冷漠的智者，只做聪明的傻瓜。

想起我们曾制造出那么多只有彼此才能心领神会的"典故"。

想起在弥漫着烤红薯香味的大街上，我们一路哼唱着喜欢的歌，走最绕远的路回家。

想着我们曾那么轻易地挥手告别，再不能用我五音不全的歌声去和翦那美轮美奂的唱词。

想起我们曾相知相惜、相契相依，现在却只能用"纸上谈兵"的方式，在一张张信纸上分享相隔又相通的灵犀。我们只能让《千千阙歌》在分别的日子响彻千千遍："来日纵使千千阙歌，飘于远方我路上，来日纵使千千晚星，亮过今晚月亮，都比不起这宵美丽，亦绝不可使我更欣赏，因不知哪天再共你唱。"

四

我很喜欢一篇小说中的一句话，在一间寒冷的屋子里，一个人说："弹弹琴吧，弹支温暖的曲子就好了。"我相信音乐的力量，因为无论多么复杂的事，用音乐来诠释就简单多了。

一位在呼和浩特上学的同学，通过邮局送给我一盘刚刚发行的《校园民谣》，用一种精致得不能再精致的包装。他说，我不想整天在球场上东奔西跑地过着流浪汉的生活。

也许是因为校园那纯净质朴的气息吧，从《同桌的你》到《流浪歌手的情人》，每首歌都美得与众不同。我反反复复地听着："我只能给你一间小小的阁楼，一扇朝北的窗，让你望见星斗。"心里是宁静而快乐的。我看着歌词的扉页上写的几个字：唱一首歌，爱一个人，过一生。从此，今生的姻缘就被这几个字给定下了。

以后，我们也曾被苏芮的《牵手》中那对白发苍苍的老人感动，我们也没有理由不喜欢黄磊的《我想我是海》，因为"有谁孤单却不企盼一个梦想的伴，相依相偎相知，爱得又美又暖"。可是，《校园民谣》一直被我奉为至宝，因为它带给我的是蓦然回首的灯火阑珊。

五

小时候，每个星期六的晚上，父母都会领着我和妹妹去看电影，那时看的影片大部分都已忘记了，只有一部牢牢地记着。十多年后，当我从电视上重新看到这部《城南旧事》的时候，我才知道其实是它的音乐使我记住了它。也是在这时候，我才把这段音乐和李叔同的《送别》对号入座。"长亭外，古道边，芳草碧连天……"听到一半，就已心情黯然。

原来，在变幻的歌声中，我已送别了自己的亭亭华年。

我已经长时间地屏闭着自己的听觉，拒绝着时尚的新歌，忘记着曾经的老歌。

无论多美的音乐滑过早已单调的心境，我都无动于衷。

一直到金海心出现。

她用"那颗总爱唱歌的心灵"对我沉睡的耳朵来了个强制执行，我听到了一个清越透明的声音，如清溪山泉，我听到这个声音告诉我：如果你不爱唱歌也没关系，就让第一道阳光把你的耳朵叫醒。

我想，我不应再做一个无知无觉的人。

丫 丫

恩 赐

在女儿出生之前，我不知道人的初始状态是这样的混混沌沌。

我的女儿乳名叫丫丫，她刚生下来时，一天二十个小时都处于睡眠中。她的样子小小的，身子软软的，哭声细细的，连笑也不会。

因为丫丫出生时是一副小小的无助的样子，她的每一点进步都成了我的赏心乐事。一天晚上，她看着卧室里的壁灯，忽然微微地动了一下嘴角，这个皱巴巴的哭着来到我生命里的孩子，会笑了！

那以后，丫丫进步得很快。慢慢地，她会爬了，尽管第一次爬手脚不太协调；七个月大时丫丫叫了第一声"妈妈"，那是世界上最美的语言；十三个月大时，丫丫会独立走两三步；丫丫十九个月的时候，会说了第一个形容词。那天，我的母亲给丫丫买了一个太阳色的帽子，丫丫美美地在镜子前左看右看，然后说，"金光闪闪的"，这是她听的故事里形容小鲤鱼的。

丫丫学语时常会冒出些充满灵性的句子来。丫丫在听录音机里的故事时，窗边飞过来一只蝴蝶，又很快飞走了，丫丫说："蝴蝶飞进故事里去了。"

我给丫丫洗脚时，她突然把水踢得很高，而且像有了新发现似的，兴奋地踢起来，我正要制止她时，她一脸认真地说："丫丫踢出喷泉来了。""喷泉在跳舞呢!"我一身的水被她的话烘干了。

二十九个月大的丫丫能独立讲一个完整的故事，她用稚气的声音讲《太阳娃娃》，她绘声绘色地说：哇哇哇、叽叽叽、喵喵喵、扑通……

交响乐

第一次给丫丫听交响乐，是在她九个月的时候。我选了张世界名曲。我基本属于乐盲，但我希望我的女儿能真正地懂得音乐。音乐响起，丫丫好像理解那其中的几支曲子。当《春之声》响起，躺在床上的丫丫手和脚忽然生机盎然地摆动起来，像是春天真的来了，而她正置身于维也纳的森林里，感受着万物萌生、大地涌翠；在《天鹅湖》中，丫丫的手臂柔缓了很多，如一只天鹅翩翩起舞；《欢乐颂》的旋律飘然而至，我的丫丫，在气势恢宏、势不可挡的庄严的欢乐中幸福微笑。也许，婴儿的感受力是天才般的敏感。也许，大师的音乐孩子能够理解，因为那是最接近自然的，是天籁之音。这些我原本模糊的曲子，在丫丫的启示下，也渐渐地清晰起来。

只有小王子能看懂的画

自从给丫丫买了一盒彩色铅笔。三周岁的丫丫就变成了圣·埃克苏佩里笔下的"我"，开始画一些只有小王子能看懂的画。

丫丫手中握住几支不同颜色的笔，在纸上一起画出若干条线，又重复几次，各种五颜六色的线就涂满了画纸。她看着，满意地说，妈妈，这是晚霞。看着一片绚烂的色彩，我为她的话和画惊奇不已。

丫丫画了一个圈，又在中间画个小方块。然后说，一个"口"字不小心掉进了池塘里。

丫丫用弯弯勾勾的线画出了一个小绵羊的身体，却在羊的头部画了一个圆。她说，可怜的小绵羊走到山下，就被大灰狼吃掉了头。接下来她认真地问我：

妈妈，大灰狼什么都吃呀？小兔、小猪。大灰狼的朋友是谁呢？

妈妈，那小狼吃小羊吗？

丫丫用白色的笔画几点斜线，白颜色在白纸上看不清楚，她就奇怪地说，妈妈，雨点真是透明的啊。她又用绿色的笔画了一棵小树，说，雨把小树浇绿了。

丫丫用白色的笔画了一个小雪人，又用红色的笔画上扣子，白色看不出来，她就说，妈妈，屋里太热了，雪人都化了，只剩下红扣子了，咱们赶快把它领到外面去吧。

丫丫用黑色的笔画一个最简单的小人儿，她说，那是黑夜里的孩子迷路了。然后拿起最柔和的那种黄色，画了一个弯弯的月亮。月亮弯得很夸张，她说，那是月亮的手臂，它会把迷路的孩子抱回妈妈的家。

丫丫拿起绿色的笔，画了几条小竖线，说，妈妈，这是绿草地。

用金黄色的笔，画了一个太阳，说，妈妈，春天来了。

用红色的笔画了一朵小花，说，妈妈，草是花的家。

小绵羊

丫丫三岁的时候，带她去菜市场。遇到我的一个同事。同事穿着一双白色的靴子，一件白色的大衣，戴着一顶白色的帽子。女儿一直盯着她看啊看啊，然后走到她的身边说：

请问，你是小绵羊吗？

钢琴课

二○○七年春天，丫丫开始学钢琴。

我努力记住两个老外的名字：汤普森和拜厄，看对了出版社把书买回来。

看到买回的书上那些陌生的蝌蚪音符，有些担心。丫丫还不到六周岁，为了她能把上课学的知识回到家里准确地练习，我和她一起做了钢琴老师的学生。第一节课只学了大指弹的DO音。老师说，有的孩子一开始弹不出声音来，好在女儿把左右手的DO音都准确地弹出来了。丫丫欢天喜地的，对钢琴充满了好奇，总用小脚去踩钢琴下面的三个踏板，听到不同的声音，她很兴奋。

坚持学下来没那么容易了，那些像极了的音符，跳动在五根线上，我越来越分不清它们了。好在我的母亲是师范毕业，会用风琴弹一些简单的曲子，看着她们一老一小去学琴，我觉得她们是在做一件我无法靠近的崇高的事。

女儿会弹一些简单的曲子了，我把她弹的曲子从网络上搜出来，放给她听，发现那些曲子在播放时的界面上只是一个点，不像我平时听到的歌，是变幻很多的画面，这是最简单的音乐，女儿弹出来，它们很美。

她最喜欢教我学琴，不停地笑得倒在我怀里，说，妈妈你太笨了。

对反复的练习，女儿没那么多耐性，她总渴望着学新曲子。我希望我们都能把所有的枯燥乏味坚持下来，直到她弹出从心里流淌出来的快乐。我们相持的时候她就大嚷或眼泪汪汪的。

这样的时候，爱人就会沉下脸，他一直反对女儿学琴，觉得孩子没有天分去强迫有违自然。

使他改观的是一个突然停电的夜晚。

我们的家里和前楼后楼先是全黑下来，接下来一盏一盏烛光亮起来。女儿忽然有兴致地坐在钢琴前，为我们弹了一曲《童年的回忆》。周围从未那样安静过，停电的夜晚，时光亲切，水一般的音乐从琴键间叮咚流淌，把我带回我的童年和少年时光，窗外的星星眨着童年的眼睛。

这支曲子女儿学得最顺利，因为她很熟悉，是她下课的铃声。她每天会听很多遍。

希望她能一直有兴趣地坚持下去，像我第一天领她去学钢琴的时候那样欢天喜地，那样好奇，那样拉着我的手，睁大水晶一样的黑眼睛对我说，妈妈，我想像老师一样弹出好听的曲子。

书包太大了

二〇〇七年九月一日，丫丫是一名小学生了，那些崭新的书和作业本上端端正正地写上了她的名字：李书萌。

第一次装书包，什么都是新的。书包太大了。去买时，卖书包的阿姨说，大点吧，都用大的，书大也多。从心里是不希望她背这么重这么大的书包的。昨天，为她选哪一个班级我竟失眠……其实哪个班的差别并不会太多。

一年级了，她会认真地纠正我：妈妈，你不要再把火星娃叫成小熊星了。每天给她倒刷牙水，一年级了，她有时也会为我准备上。

一个月后，和她一起背二十以内的加法口诀，她背得快，用得却慢。怕她跟不上功课，又担心她学得太多，每一个妈妈都是这样矛盾。

小不忍则乱大谋

女儿当班长的第一天是兴奋的，无论是弹琴还是写作业，都充满了热情。

女儿当班长的第二天是"真难"的，因为她在玩秋千的时候，有同学说，班长应该谦让。她让出秋千给同学，并感慨。

女儿当班长的第三天是失望的。她以为当班长后，所有的同学都喜欢她，和她玩，事实并不如此。

女儿当班长的第四天是困惑的。为什么原来做小组长时的工作，比如收作业和领队等具体工作不再由她做了，她为班长的职责迷惑。

女儿当班长的第五天是"不好意思"的，因适逢期中考试，她的成绩并不突出。

女儿当班长的第六天是积极的，她在日记中用拼音写：要从头做起，再接再厉。她的用词，我很惊讶。

女儿当班长的第七天是没原则的，她没收了同学带到学校的零食，却"没忍住"自己吃了。问及原因，只三个字"没忍住"。

女儿当班长的第八天是紧张的，怕前一天的"没忍住"有什么严重后果。

女儿当班长的第九天是快乐的。她恢复了常态，终于从当班长这件事中平静下来，放了学一手拿着跳绳，一手拿着沙包，还把语文课本丢在了学校里。

感叹句

丫丫是个对文字很敏感的孩子，在日记里写过很多很动人的句子，有时，还会灵感突来，要我用电脑为她记录。

可有一次，她的日记写的全是"啊"字句。我说，丫丫，今天你的日记没有原来写得好，是不是不认真？她说，妈妈，你没发现我的进步吗，我在学习使用感叹句呢。感叹句就是末尾带"呢""啊""呀"这些字的。这一篇用的全是感叹句。再看她的日记，觉出她的道理来了。

如意棒

　　也许是因为冬天的寒冷吧，冬天的节日总是很温暖，感恩节、平安夜、圣诞节、新年、春节。一个个都是温暖的。

　　新年的气氛越来越浓了，沿途商店的门面都做了各种喜庆的标志，各种新年礼品也是层出不穷，我为丫丫买了一个带着两个铃铛的"如意棒"，丫丫高兴地说，这下有什么愿望就可以实现喽！然后，她把如意棒贴在我的脸上，说，希望妈妈不要再为我的学习生气。昨天，我的样子一定吓着她了，听写她用拼音写六个词语，她竟错了四个，我不由又气又急，教训了她。她很安静，默默地把每个错的词写了一行。今天，她拿着如意棒，说出了她的愿望。还能说什么呢，我的宝贝，妈妈犯了大人常犯的错误，把一些要求和希望强加于你，你是喜欢学习的，因为你曾说，语文就像听故事，数学就像走进彩虹门，一个问题解决了，另一个奇妙的问题又出现了。希望女儿拿着如意棒说出的心愿可以实现。希望我可以做一个心平气和地分享她所有快乐的妈妈。

　　在二〇〇七年的最后一天，我也不禁学着女儿的样子，拿着如意棒，虔诚地说出：平安健康快乐！对我的女儿，也对所有的亲人和朋友。新的一年，平安健康快乐。

旱冰鞋里的钻石

　　晚饭后，一起去文化广场。回来的路上，丫丫说，妈妈，我的旱冰鞋里有一颗钻石。

　　丫丫又说，我感觉到是一个有棱的东西，很扎脚，那一定是钻石。

我让她脱下鞋来，我摸到那是一个固定下面滑轮的钉子，小小的菱形的，由于鞋垫偏了露了出来。

即使扎脚，她也不怕。因为那是一颗想象中的钻石。

每当这个时候，我就很后悔看到她的作业写得很乱，或做事情不认真的时候，我忍不住生气发的那些怒火。那一刻，我忘了她是一个孩子，一个可以把有棱的钉子想成钻石的孩子。

夜里，她躺在床上。前一秒她说，妈妈，我睡不着，真的睡不着，我想再多听一个故事。可是后一秒钟，她就睡着了。

看她睡着了，忍不住俯下身亲她。只能好好爱她。她曾说，童话大王郑渊洁都说了："男孩养到十八岁，女孩养到八十岁。"后面她还接了一句，真幸运，我是女孩。

三个愿望

父亲节的时候，老师给每一位学生的父亲发了短信，希望他们过一个有意义的父亲节，和孩子谈一次话。爸爸问丫丫，你最喜欢什么？女儿说，零食，特别是你们反对的垃圾食品。爸爸再启发她，可以说三样。她说，那就是指甲油，还有芭比娃娃。我们一起笑起来，这就是她啊，爱吃，爱美，爱玩。爸爸说，你长大以后，要想吃得好，玩得好，现在就要好好学习。这就是我们啊，三句话离不开学习。

请允许我再悲哀一次

四年级前的这个暑假，丫丫不再看《海绵宝宝》，看起了《萝铃的魔力》。

最大的不同是，她对自己的身体各个部位都异常好奇和关心，不时用两个手摸着腿的两个关节说，妈妈，它们好像长得不一样。

"没什么不同。因为你一直在生长。这很正常。"

再问时，她就变了方式，妈妈，你快说，这不是不正常，这只是在生长。

这样的问题越来越多，从头发梢到脚后跟，哪个部位她都不放过。

后来看电视上关于《2012》的报道，她更惊慌了，红了眼圈说，二〇一二，我也才只有十多岁啊。

不知道像她这么大的时候，我是不是也这样。有了丫丫，就能了解我是怎么从小长到大的。

她变成了一个多愁善感的小女生，在博客上写："时间就这么过去了，前一秒再也回不来了。"我太惊讶了。

有一天她拿着"黄冈小状元"作业本给我看，妈妈，你看看这句话："勤劳的蜜蜂是没有时间悲哀的。"然后说，我以后也做有意义的事吧，妈妈，我再也不像现在这样悲哀了。

停了一天。她又用两只手摸着手臂的两侧，说，妈妈，请允许我再悲哀一次吧。这两面是不是不一样啊。妈妈，用不用去医院啊。

我要笑起来。她却叹气，说，幼儿园多好，无忧无虑的。

九月一日开学，她成了四年级的小学生。每天和同学玩得忘了她的身体。

这个假期，她长高了三公分。

五月的第二个星期日

一周前，十岁的女儿忽然勤劳起来，并和我们讲起劳动所得：洗一双袜子多少钱，刷一个碗多少钱，拖地呢……平时做惯了，当我拿起碗要刷的时候，她会冲过来大喊，留着，都给我留着，我扔完了沙包就来了。一个星期，她的劳动所得九元六角。星期日早晨，平时黏着我的她执意要求，学完钢琴后要爸爸去接。爷俩回来的时候，女儿把两枝康乃馨举到我的面前。她说，我忘了挑一下，有一枝花皱巴巴的了，但我知道你不会介意的。每年五月的第二个星期日是母亲节，起源于古希腊。

果汁梦

丫丫说她做了一个梦，梦到了好多果汁，苹果，柠檬，草莓，黄桃，蓝莓，菠萝，她把最喜欢的甜橙汁放在最后喝，可是，可是，还没等喝呢，梦就醒了。

耐心费

女儿识字后，我常让她帮我看一看新写出来的稿子。六年级时，她认真地要起审稿费来，每次五元。她说这五元里分三个部分，两元是耐心费，我的文字枯燥无味，要读下来，需要很大的耐心。一元是修改费，这个容易些。另两元是精神损失费，我写得无趣无意，读完后对她的精神造成了巨大的损伤。如果正遇到周末，我写得晚，她也睡得晚，过了夜里十点，她就要双倍收费，她说，出租车也是这样收费的。

我的文章《小书店》里，"街角一家随遇而安的小书店"，"随遇而安"这四个字是她换上去的。《普通的心灵》里，"每一颗普通的心灵里都闪烁着日月星辰，扑朔迷离的光。那大约就是阅读的微光"，"扑朔迷离的光"，是她加上的。

仅这两处，她已是我的老师。

皱　纹

因租住的房子离丫丫的学校一墙之隔，常有她的同学来家里玩。一次她的几个同学走后，她神情有些黯然，她说，我的同学说，你的妈妈好老啊。说完，她的手不禁在我额头的皱纹上不停地抚摸着。这一天，她时不时地坐在我的身边，用手抚摸我的皱纹。晚上睡觉的时候，她还把手放在我额头的皱纹上。

伤仲永

上初中的李书萌同学，翻看了小学时写的日记和诗歌，对我说，妈妈，我现在没原来写得好了，这么多年我很热爱学习也很努力学习，还是伤仲永了。

不怨人

　　聊天的时候和李书萌同学说起过清末的王凤仪先生的"不怨人"三字修行法，从此她有了什么小烦恼的时候，就抚着胸口慢慢地有节奏地说："不——怨——人，唉，自己生会儿气吧。"

中考节令

20160305　惊蛰

初三的最后一个学期开始了。一雷惊蛰始，耕种从此起。中考的紧张气氛像第一声春雷，轰隆隆密集地在后面的时间里滚动。而对我们这些城市新移民来说，中考的压力就更大了。

女儿小学五年级时到呼和浩特市读书。到今年初三，我们在一点点地熟悉着这个城市。打开电脑，我不再关注之前常去的"中国作家网"，总是顺手点开"58 同城"，接着点开"呼和浩特市招生考试信息网"。不断地熟悉着这里的中考政策但还是后知后觉。"小升初"时，派位的学校是三类的，不得不择校。择校的后果是，女儿中考时享受不到"分招"（把好学校的指标分配到每一所初中），只能"统招"，只有考入全市的前六百名才能上她最理想的高中，这离她还很遥远。

外地人来到呼和浩特生活后，很快会知道一个词："一二附"。去买文具，人们在说；去买书、买菜，人们在说；即使上下班时打个出租车，司机和我聊的也是"一二附"，他说：为啥要到这么费钱的地方生活啊，还不是为了"一二附"。

"一二附"展开了是三所高中，一中、二中、师大附中。在四十所公立私立的高中里，是三所最好的学校。二中，在这三所里面令更多的人向往。多少人留在这个城市，就是想让孩子上二中。多少人为了这一所学校，来到了这座城市。

今天，我到巷子里的缝纫店去做校服的裤角，店主为了孩子能有机会考入"一二附"，从周边县城里搬来，正在为涨得太快的房租发愁。男人说："多贵也得交，讨个生活吧，一家人在这儿就这么个营生。"旁边经营菜店的女人也拿着校服推门进来，她大学毕业后留在这个城市，去买菜的时候，常看到她一边说菜价，一边回头和孩子说一句英语。

开学还不到一星期，一页没头没尾的二○一六年中考招生计划在很多学习群、中考群里传来传去，图片拍得很模糊，不知道是谁最先发出来。为了看清楚，家长们把那张图在手机和电脑屏幕上一遍遍放大又缩小，缩小又放大。

20160320　春分

"今日春分，又是二月二，节日和节气喜相逢。读书时似春回大地，自己变成了新萌出的小草芽，生命柔软新鲜。中学同学去芝加哥读书，那里是金融和爵士乐的中心，有湖，都是她的最爱。她的七十岁的教授赠予她一个新年龄，六岁。真好，我比她大三个月。"

翻看去年我发的微信朋友圈，恍若隔世。原来读书写字也是有闲心才行。现在我是"中考妈妈"，"中考"的中，中间那一个竖像一根巨刺，梗在心里，时时给家长以压力。

初二地理生物会考前一个月，因分数直接计入中考成绩，我紧张得把世界都忘了。

女儿初二时，我知道了一个学生家长群，是一位实验中学的老师创建的。好多家长加进来。在中考前的这个学期，这个群已发展成三个群，每个群的人数都到了上限五百人。正式的招生计划还没有公布，群里的家长每天都是人心惶惶。

每年三月，公布体质测试项目里的选测项目。这一项在今年的中考总分 650 分里占 10 分，抽签决定测试项目。

抽签结果公布这天，一大早就有家长在群里发了"静等通知"。大部分家长默默地等着，有的家长在推荐着补习体育的培训班和老师。

群里的消息比每天要少一些：

"考上二中"（这个网名是群里所有家长的愿望吧）：每天的作息节奏完全跟随着孩子，一有空就默默估算他的各科成绩，然后一科一科加起来，算算总分。

"三中初三张妈"（群主要求的标准群名片）：不是家长的心理素质越来越差，是怕自己疏忽导致孩子出状况，一辈子难受自责。

我翻看着前面的聊天记录，怕漏下重要的消息，不知道这样的对话是自言自语缓解压力，还是对之前什么问题的回答。

家长们在孩子的作息里也是困倦的，只有说起"中考"，两眼都发出光来。

到了十点二十分，一位家长发出了通知：中考体测第三项目抽签结果：男实心球，女仰卧起坐。

"好啊。"

"不理想。"

"实心球要火。赶紧买吧！马上断货了！"

"谁有扔实心球多少米满分的那个表格？"

"女生仰卧起坐会更容易拿满分，男生难度大了，不好扔，一项体育就跟女生差很多分。"

"女生的项目好满分。太不公平了。"

"胖点儿、高点儿有优势。"

手机同时收到了老师发的"校信通"：家长你好，体育第三项已抽出：男生，实心球；女生，仰卧起坐。

十分钟后，又一条手机短信，一个课外辅导机构发来的，全文没有标点符号：中考体育特训班具有十年中考体育训练经验的教师根据孩子的身体素质特点量身制定训练计划地点农大东区体育场 133**** 0101

20160404　清明

春分过后是清明。"山水"同在为清，"日月"同在为明。而中考"一模"前的日子，没有山水日月，时间都跑到闹钟里，每一次响起都是一种催促，是打着哈欠的疲倦。

三天小假期后，中考政策陆续下来。

家长们把今年的招生计划用计算器算了好几遍。今年"一二附"真是多招了几百人啊。家长们都受了鼓舞。

一位家长说，今年的考生要多几千人呢。今年的孩子大多是龙宝宝，龙宝宝人最多了。

一句话又让家长们陷入了焦虑。焦虑之余是一轮轮公平不公平的喧嚣。

小升初的时候，有家长借下贷款去买学区房，有的高价择校。招生政策的每一点风吹草动，都有一群家长觉得：这不公平。

也有孩子成绩好的家长，说只要孩子考进全市前三百名，政策变动又有什么关系。在三万考生里考进前三百名，真不是一件容易的事。

我的脑海里跳出黄灿然翻译的杰克·吉尔伯特的诗《辩护状》里的句子："把不公正作为衡量／我们注意力的唯一尺度，等于是赞美魔鬼。"

像爱自己的孩子一样去爱别人的孩子，比考上二中难很多。

在没有更好的办法之前，考试是最好的办法。不在这里中考，也要在那里中考。

网上的报名系统开始预报名，家长群里不知道有多少人在刷屏，盯着报考人数，一个星期，数字从 1 滚动到 28807，停在了那儿。

正式报名时，孩子们一个一个拍照，做指纹采集。机械化的流程，操作机器的人对着一个男孩子说"下一个"，他听成了"笑一个"，就心无城府地笑了。沉闷流程里的老师和孩子们也都跟着一起笑了，那个孩子在这以后三个月的初中生活里就有了一个新绰号——"笑一个"。

20160419　谷雨

谷雨，是"雨生百谷"的意思，谷得雨而生，今天适合记录一下女儿的同学们和班主任老师的故事。

全市的第一次模拟考试很快就来了。女儿的同学不知道从哪里知道了班主任老师的生日，她的同学们私下里商量要在早自习时给班主任一个惊喜，紧张复习的时间里，孩子们热情地准备着这个秘密。班主任老师一进教室全班同学一起唱起了生日歌，一个大蛋糕，全班一人一块。女儿那天迟到了，她说在细雨里听到生日快乐歌，在楼梯里听到生日快乐歌。到了教室，班主任老师把一块蛋糕分给她。老师说，这是我最感动的一个生日。一天后是全市的"一模"考试。我在微信朋友圈里看到班主任老师发的照片，蛋糕上写着：女神，生日快乐。

要毕业了，女儿更加喜欢她的班主任兼数学老师，她又一次调整理想：当一位数学老师。

全市"一模"的作文是半命题作文：＿＿ 不再 ＿＿。只有中间词，女儿写的是"当我不再拥有你们"，一听这标题，我心想对应试的女儿来说这不是一个好标题，但想到她是因为要和同学分离了，一直沉浸在这样的情绪里，写这样一篇作文正可以表达她现阶段的心情。

20160505　立夏

一早上看到了女儿的英语老师在朋友圈转发的学生的微信：

"初三的生活真是累得半死但又乐在其中，每天在学校要好好学习好好练体育，回到家里以前只是学习，现在每天和老爸下楼跑步做仰卧起坐跳远。嘿嘿，好棒。就像我们班主任一样每天都充满激情，永不凋谢。她的正能量，我的半正半负的能量一起加油吧。还有爱我的老爸老妈，悄悄说，老爸有当体育老师的天赋呢。"

这样的微信给了家长们眼泪和能量。父母们成了发明家。为了在家里模拟出体育考试器械，一位家长把擀面杖上面卷上厨房里用的泡沫纸，做仰卧起坐卡住孩子的双脚，这个方法很快推广。有孩子跳不远的家长，带着孩子去体育场跳台阶。有一天想擀面条时，我怎么也找不到擀面杖，找了好久才想起来它已经成了体育练习器械。

女儿在周末坚持去家对面的农大体育场练跑步和跳远，足球场外的环形跑道旁，有两排用粉笔画出的横线，旁边标着尺度。一排是跳远的从及格分到满分的标准：1.60米—1.92米，一排是实心球的。风吹日晒雨淋，从春分到立夏，这两排白粉笔画出的横线一直分外清晰，有很多的家长、学生，还有辅导体育的老师重描过，描得像被刻在大地上。

女儿说班级里现在都是膏药味，操场上风吹过来的也是膏药味。很多同学都练得有了腰伤和腿伤。

每个孩子在这个月都买了很多双运动鞋，有的是跑得快的，有的是跳得远的，有的是防滑的。一位幽默的家长说，这个月儿子买了七双鞋，一客厅都是鞋，再买就要"邪"气上身了。孩子们也是紧张的，女儿班里有两个男孩子，听到老师说要准备葡萄糖，在测试前一天一起去各买了一斤葡萄干回家。

家长们不再讨论公不公平的话题，一位家长在体育测试的那段时间在"学习群"里发出这样一句话："阳光最公平，公办民办都有，统招分招都晒。"

考生多，全市的体育测试前后半个多月，立夏前后有时晴有时雨，学生、老师、家长，都一起经历。

女儿体育测试那天，阳光晴朗，我们竟去错了体育场，女儿发现去错了地方之后就哭起来，好在出来得早有惊无险地准时赶到了考场。女儿红着眼睛走进体育场，看到同学们她又哭起来，一个同学递过来去痛片，一个同学递过来一支葡萄糖。这是考前策略的一部分。几乎所有的孩子都准备了。

家长们又一次聚在一起，我发现妈妈们都胖了，孩子的作息时间在中年的肥胖里给我们逐渐加码。早餐吃得越来越早，晚餐吃得越来越晚，使我们越来越疲倦和肥胖。"中考妈妈"是最焦急的人群。每次开家长会，来得最多的是妈妈们。先是结识了女儿同桌的妈妈，又结识了前后桌的妈妈们，后来全班同学的妈妈们都相熟了。有在学校旁边租房的"陪读妈妈"，有像我一样为了自己的理想漂到这里的异乡人，有出生在这座城市的老地户。三年，我们从新朋成了旧友，有了一种同呼吸共命运的缘分。

测试时，孩子们的成绩都比平时好一些，器械很准，体现公正的是各种越来越精密的电子仪器和芯片。女儿的 800 米和仰卧起坐在考前练到了满分，立定跳远在考前一直停在 1.65 米，在考试时跳出了她的最好成绩：1.74 米。

女生 800 米、男生 1000 米，是女儿班级弱项，她的同学们按照原来制定的战术，在领跑同学的带领下，全班都达到了满分。班级里的很多男孩子们攀上体育场的铁栏门，一齐喊着：十六班男生一千米全班满分，十六班男生一千米全班满分！青春和兴奋的脸是最动人的，像立夏里的阳光饱满而明亮。

20160520　小满

如果说初中毕业时的孩子们正像南方小满时节的麦粒，灌浆正在饱满，尚未成熟，满教室都是一株株最新鲜的植物。而家长的心态，却已是大满，一切都觉得，弦要绷断了，要满得溢出来。

我整理了女儿上初中后的一张张成绩单，每一张表格就是一个阶段的学习，也是三年的时间。虽然三年的时间我们并没有一直盯住分数，可这些表格里的分数，也在影响我们的心情。

女儿把目标放在了她最向往的二中。中考"一模"女儿在全市的位次是2000至2100名。女儿在"小升初"时择校，放弃了分招资格。统招生要考进全市六百名才能进二中。我内心里明白孩子可以冲击一中。看到她为自己的目标努力，只能鼓励她，不忍心告诉她真相。

陆续有一些高中学校开放日活动。尤其是"一二附"的开放日，吸引了很多的学生和家长。

"二中人从来不是孤军奋战，我们在北大等你。""二中人从来不是孤军奋战"，这句话使女儿很受鼓舞。二中打动人的不是实验楼艺术楼图书馆，而是学校里处处能感受到的学生的力量，认真给家长做导航的、引导小记者团的、主持见面会的，都是学生。在这个学校，老师在学生的后面。尊重学生，发挥学生能力，又使每一个学生在每一个时间都能感受到集体的爱护。这真是一所好学校。

附中的教室里贴着"欲戴王冠，必承其重"。

一中的军事化管理使学生们学会尊重时间。

近三万名考生只有三千人可以享受到"一二附"的资源，这三千人一定是能承其重，并愿意为之努力的学生。

体育测试后，练体育时间自动变成了学习时间。

教室里最顽皮的孩子也变得热爱学习。女儿回来说，班级里一位成绩不好的同学每天默默地为同学们打开水，为了同学们有更多的复习时间。女儿说，每天下午她一进班级，就看到每个桌角相同的位置都有五颜六色的水杯，里面有一杯冒着热气的开水。

20160605 芒种

芒种字面的意思是"有芒的麦子快收，有芒的稻子可种"。真像老师们的一届一届的学生，迎新的时候女儿和她的同学们还是初中一年级的小孩子，现在到了毕业离开校园的时候。

初中阶段的最后一次家长会。黑板上没有习题和作业，很空旷，黑板左上角写着：距离中考仅剩 4 天。下面是一段话：人总是要学着离别……

班主任老师含着泪说，自己不愿在孩子面前掉泪。女儿和同学们忙着拍照片，写同学录。公交车上挤满了刚参加完毕业典礼红肿着眼睛的孩子，他们的校服上密密麻麻地写满了老师和同学的姓名。

班级的毕业典礼后是学校的毕业典礼。

女儿在班级的毕业典礼时说，这里有我最爱的同学和老师，有最美的记忆。永远的 16 班。在女儿心里这是最好的班级。

开家长会回来，我看到路边的苹果树已挂满了小果实。万物在应时萌动，悄然生长。这半年，我没注意到春草的萌出，没去看农大校园里的四株玉兰，没注意遍布在这个城市的市花白丁香紫丁香的开落。

回到家，看到正在写同学录的女儿，我想说，要专心在学习上。可是话到嘴边又忍了回去。

女儿的同学在一篇作文《我的心愿》里这样写的：我学习不

好，祝愿同学们都考上一个理想的高中，我就不必了。我的心愿是，毕业照的时候，三个转学的同学能回来和我们一起照相。

20160621　夏至

"中考"如期来了。

考场的外面，很多妈妈们都穿了旗袍，寄予着"旗开得胜"的心意。

班主任老师在微信朋友圈里发了红牛饮料的图片：你的能量超乎你的想象。她已经带过很多届学生，她了解每一个即将应试的学生的去向。

警察在学校的外面截出了不允许一般车辆通行的空间，只有洒水车在不停地工作。

我注意到了一个人。

今年第三次遇到他了。第三次看到他的时候我才注意到他。一条灰蓝色的牛仔裤，一双高仿的阿迪鞋上略有灰尘。大热天里依旧是一顶灰色的有几个英文字母的帽子。双手举起一张曾是商品包装的七成新的硬纸板，上面一笔一画的汉字：住宿，午休，考试营养餐。下面一串数字是手机号码。

第一次遇到他是去开家长会，在孩子学校的门口，旧纸壳上面的汉字是"满意小饭桌"，下面也是电话号码。第二次也是一个考场的外面，也是在很多家长中间，他举起的是和这次相同的汉字"住宿，午休，考试营养餐"和一串数字。

人群中，他一直这样举着，上去咨询的人很少，周围不熟悉的人聊着相同的话题。几个家长自然地凑成一个小圈。只有他一个人站在一个显眼的角落，像一尊雕塑一样，一双眼睛在帽沿和纸壳之间，并不知道看向哪里。举起的纸壳，边沿像一条北回归线，在鼻梁一半的位置上下移动。拿下纸壳，他的鼻子是不是有明显的阳光的界线？

他大约是最熟悉这个城市物候的人。如果他有一张时间日程表记录他每天的工作，上面一定写满了哪个学校开家长会，哪里在进行四六级考试，中考高考的考点，旁边也许还密密麻麻地备注着地铁的线路和公交的临时改线通知。

我忽略了自然的节令，忘记了城市的冷暖，眼睛只盯着一张张标有总分和各学科分数及全市排名的表格。有人在绘制这样的城市物候。

夏至是太阳的转折点，阳光直射点开始从北回归线向南移动。中考也是人生的一个小转折点，同在一个教室的孩子至少有五种去向，一半的学生读普通高中；其余的一半，有的选择国际学校，有的选择职业学校，有的复读，有的流向社会，不再做学生。

考试这几天，没有作业，也不用太多的复习，我们一家人在晚饭后去小区对面的农大体育场走上几圈。春天练体育时白粉笔刻出的标尺横线已经消失了。足球场外的跑道和篮球场隔开一排高大的垂柳，耳朵听到的依然是篮球场上球砸在地上砰砰的声音。

20160706　小暑

考完试之后就是等成绩。

"六月节。……暑，热也。"大暑小暑，有米懒煮。等成绩的夏天格外躁热，不用再设定闹钟了，除了等成绩这件事之外什么也不愿意做。

按照"中考填报指南"上的通知和以往的经验，零点能查询成绩。孩子和家长们老师们都熬夜等成绩，等到凌晨一点，没有。一直等到第二天上午十点钟。我和爱人都请了假，好像公布分数的这一刻要一家人在一起。

终于拨通了电话。电话里，机器报出一个个数字，是女儿的中考各科成绩。就像当初"小升初"时，电话里机器报出的一串有女儿姓名和学校名称的汉字。

有了成绩，还是要继续等。等考试网上公布全市的位次。

下午三点位次出来了。女儿的成绩比"一模"前进了几十名，排在"一二附"统招人数的外面，依次下来的学校是十四中，她的名次靠前，网上报考没有悬念，但心情依然惶惶的。

看到成绩不如她的有"分招"资格的同学能上二中，她一下很沉默。

很快，朋友圈被中考消息刷了屏。

"我市中考'分招'政策，去年掀起不小波澜！今年大家习惯了吗？那些因分招政策，分数不高也能进入优质高中的学生们咋样了？而那些分高的没进优质高中的学生们又怎样了呢？今年分招政策继续吗？"市电视节目陆续播出中考话题。

手机每天都收到大量的志愿填报会的消息，是一些社会办学机构发来的。我在众多的志愿填报会中参加了两次，女儿的网报并没有太多的需要咨询，去参加也许就是为了和家长们说说话。

分数考在全市一万名左右的家长真是要愁死了，不知道怎么算，怎么报考。家长们手里拿着几页纸，写着密密麻麻的数据，比奥数题还复杂。

牛毛一样的家长挤进小小的曾经孩子们补课的教室。每个人都汗淋淋的，汗水和汗水挨在一块。还有的家长在会议中途大哭起来，有孩子成绩差的家长也有成绩好的家长。

"要在网吧租两台机器，还要准备一个笔记本电脑，以应对中途停电。不要在家里报考，尤其是新小区有大量装修的，很容易断电。

需要掌握下面几组数字：孩子在全市考生中的排名、四十个高中的统招人数、八所重点高中在孩子学校的分招人数、孩子在自己学校里具有分招资格的学生中的排名，但其中有几个不确定因素就是，假如一个……"

一下觉得这些社会办学机构的人和亲人一样语重心长。

报考会结束后家长们没有人走，好长时间才各自散去。没有了关于公平不公平的喧嚣，只有各自的欢喜和忧愁。家长们感叹自己的孩子曾在黑着的清晨里爬起来晨练，在黑着的深夜里埋在一道道习题上不能睡觉。

我一路都在接听女儿同学的家长们拨打的电话，不知不觉走到了家。有多少家长在开完一次次志愿填报会后，这样茫然地走在被阳光炙烤过的大地上。

中考这件事，此事古难全。女儿的同学在 QQ 上发出：世界上为什么要有中考。这场面就像我曾在一个舞台的后面看到一个即将登台唱歌的小女孩，五六岁的样子，边哭边大声地说：世界上为什么要有冰淇淋？好像这两个题目现在是一个答案。

到了网上填报志愿那天，在女儿的分数段截止的那个时间，最后三分钟，有五十多人挤进了十四中界面，都是不甘心等在一中界面的吧。时间截止，一个固定数字停在那儿，显示被十四中录取了。

又过了三天，各分数段报考都结束了。

一位家长说，报考后眼睛好像不会眨了，心也不会跳了。网上报考只有经历过才知道啊。

每年都有上了"一二附"的孩子。每年也有不再上学的孩子。

女儿说她要"补番"，问了一下才知道，她要一有时间就看动画片。她不用穿校服了，穿着自己喜欢的衣服去参加同学聚会。开始准备一次毕业旅行。

家长们的心情也渐渐平静了。回想备战中考的这个学期，倒并不觉艰难，只有小人物在大背景下的无能为力。孩子们想的和大人们永远不同。对于初三的孩子们，即使家长用唠叨织一个笼子把孩子囚禁在书桌前，孩子的心里也有自己的秘密花园。经历过很多次毕业季和迎新季的老师们的心里是早就有数的。学生、老师、家长，对待中考这件事是不一样的。

20160922　秋分

高一开学三个星期后，好像才把初中和高中分开。女儿回到家里，开始说一些新班级的趣事，她又像初中一样，爱上了她的学校、她的班级，最爱她的小组。

看着女儿穿军装军训，戴着志愿者的胸牌参加运动会，着正装参加全市高中生模拟联合国大会，一本正经地准备会议材料、立场报告，讨论着环境问题、世界和平问题，觉得她是一个高中生了。在"模联"大会的会场外面，我遇到了女儿初中同学的妈妈，她说，看着儿子穿着一身西服，一手提着笔记本电脑，一手拉着皮箱，才知道他长大了。家长被门卫截在会场外面，看到两个孩子并肩走进去，我们两个人目光一直望着孩子们渐渐走进楼里的背影，这就是龙应台先生写的目送吧。

时至秋分，"秋分者，阴阳相半也，故昼夜均而寒暑平"。同春分一样，一年又到了日光夜色两均长的节气。

这一天是公历年的第二百六十六天，再日升月落九十九次是二〇一七年。在那么多其他年份的这一天，战争结束，国家诞生，一个人回归大地，一个婴儿出生，都藏在每一天里。每一天藏在三百六十五天里，一本日历随手翻开某一页，都是普通而神奇的。

开在路上的合欢

　　一种毛茸茸的花，粉红色的外缘，向里渐渐浅下来，最里面是柔白色。树成排地站立在一条长长的路两旁，在高高的树上，繁茂绿叶间的花朵，像在树上舞蹈的羽毛。

　　我坐在一辆大解放车的后车厢里，车厢上有厚厚的帆布车篷，一起的还有二十多个大人和孩子。这是我第一次出家门，从草原深处到了北京。大解放车在绿树成排的路上驶过，奇异的清香驱散了浓烈的汽油味，十岁的我从车厢里探出头来，羽毛一样的花迎面而来，在枝叶间翩然而起。阳光透过枝叶映在解放车上和我们探出来的脸上，光影摇晃。

　　那是一九八四年的北京。我们住在一所由大学的教室临时改成的假期宾馆，墙上的黑板是玻璃做的，黑板的下方摆满了三十几色的粉笔。我想起我的校园，那里有成排的白杨树、裂了缝的木头黑板、白粉笔绘制的板报。我悄悄地拿起从未见过的彩色粉笔，画在同样未见过的玻璃黑板上。宾馆有两个工作人员是这所大学的老师，一脸明朗灿烂，和蔼地对在黑板上乱画的我说："好好学习吧，以后考到北京来。"不知道那是哪所大学，只知道别人都出去乘凉的夏夜，我独自一人，手心里满是汗，紧紧握住彩色的粉笔，试图画一种羽毛一样轻而柔软的花。

也许，还曾把它画在了日记本上；也许，还对着校园里的白杨树发过呆。都已记不清了。等待长大的过程有些迫不及待，总盯着细嫩的手腕上简易的电子表，看着秒数一个一个地增加上去，每分钟都很漫长。不像现在，日子似流光，墙上的月历都翻不及时，一年就过去了。

我早已从学校走出来，却没能考到北京去。中学毕业后的几年，总在黑夜里看星光，也曾在深夜里睁着眼睛想看清未来。一天天，一年年，倏忽间把未来凝望成过往。

也有过几次出行，再也没遇到那种花。后来读到叶珊的诗句："青青的陌生＼美好的惊……"想起了十岁时去北京的那个夏天。回忆时，心中更多的感慨是因为已经明白了那时年轻的父母，用当时可以在小镇买一幢房子的钱带我去北京，是怀了怎样的期望。想起那句"好好学习，以后考到北京来"，心里不由轻叹一下。忆及那些羽毛一样的花儿，人海茫茫，光阴漫漫，繁花满径，哪一树是它呢。

直到这个下午，在无意打开的网页上看到了它，认出了它。辨识它并不难，别的花都是一瓣一瓣的，可它不是，它梦幻而又节制，轻而柔软。我是又见过它的，只是它不在花期，我没认出罢了。如果我能细细地、静静地、慢慢地看看它，即使不在花期，也不会错过吧。可我已记不清是在哪一个地方又见过，海南，桂林，或是苏、杭，这次忘记，不是因为时间的久远，而是每次出行都是匆匆的，看到眼里五光十色，记在心里的却寥若晨星。

看到它的名字：合欢。合——欢！

合欢只有一天花期，日出花开叶展，满树的花轻盈摇曳。日落花萎，对称的叶子两两相合，把一生心事藏在相合的叶间。人与花是相同的际遇，合欢总是向往，而错过就是惆怅。所谓的"新醅酒进合欢杯"，有几人能做到刚刚好呢？曾经的理想轻得像羽毛，所有的相遇轻得像羽毛，际遇无痕。

在另一个网页，《花镜》上说："青裳一名合欢。"想来"青裳"这个名字说的是合欢的叶，青翠柔和。与它初相遇时，我也是身着青裳的少年。感到了它的暗香浮动，轻盈跳跃。那轻轻盈盈的梦幻的美漂在叮叮咚咚的时光之河上，泛着往日的星光，使我心驰神往。可我只是惦记着，未用心去找。隔着最远的距离相望，隔着最近的距离错失。直至今日，在网页上见到它，又有多少向青草更青处漫溯的勇气呢。

退出的时候，落日正染红纱窗，所有的网页在 MOUSE 的轻轻点动下关闭了，所有的往事都随着窗外渐渐暗下的光辉消失了。

蚂蚁不惑

女儿小学三年级时，我出来上大学。

上课之余的时间待在图书馆里。图书馆在校园深处。吱吱嘎嘎的回廊，七阶停顿出一个平台，木制的方方的桌、木制的普通的椅闲闲地放着，很多空间空出来。在又高又深的书架中间走来走去，在方桌前阅读，很容易安静下来，也很容易回忆往事。我想起了在老家图书馆工作的鲍金花，在我的女儿刚出生那几年，很多事没时间做，不能去图书馆，她绕路去我的单位，给我送去想看的书再取回。她说，你喜欢就给你送来，现在喜欢书的人不多。

这样帮助我的人有很多。喜欢图书馆的人是孤僻的，沉闷的性情里珍藏着温暖。给予我温暖的，有很多很多人，还有很多很多书。

那些珍藏的上下都放着檀香木板的书，那些长长的书架上被翻得边角处打起卷儿来的书，散发着原始高贵的木质气息，整个世界的叶脉留在图书馆里，从楼上望下去，一楼的中间，木制的工作台拼成一个问号，深深密密的图书中写出的不是答案，而是给出了更多的困惑。时间的灰尘一刻不停纷纷落下，大师们的作品新鲜闪光，他们好像也在图书馆里，在高深的书架后面，或是木桌旁，目光和善平静又忧伤调皮，在牵心着女儿的求学时光里，一直有他们做伴。

每天晚上从图书馆出来时，空中都有一架飞机飞过，在黑色的夜空划过一片星光。在那样的夜色里走着，觉得生命真是有趣。七年前，我写《城市森林的等待》时还没在城市生活过，现在，我竟成了书中那只在苹果树上流浪的小蚂蚁。在从三十岁走向四十岁的时候，我听到的"蚂蚁的故事"是这样的：

一只蚂蚁，在路上看到一粒大米。它用鼻子闻了闻，用触角动了动，绕着大米转了几圈，费力地想把米粒儿搬回到洞穴，它和几只伙伴碰碰触角。于是，几只蚂蚁，在路上，搬大米。几十只蚂蚁，在路上，搬大米。几百只蚂蚁，在路上，搬大米。搬啊，搬啊，搬啊……蚂蚁跟着蚂蚁，音节跟着音节。

这个故事是我的一位蒙古族同学讲的。他不停地重复着"搬啊，搬啊"这个词一直说下去。同学们一起大喊："停下来！"他耸动双肩，说停不下来，蚂蚁可多着呢，大米也可多着呢。蒙古语的音节圆润流动：卓吉勒百纳，卓吉勒百纳，卓吉勒百纳……

匆忙或缓慢的步态还有疲倦跟跄的奔跑旋转成极小的城。没有了古老的森林，也没有向大地深处延伸根须的大树，阳光清澈无邪，阳光穿过摇晃的枝杈隐约如花园的小径。三十岁以后我一直低着头赶路，生活之难使我不得不卡在两粒米之间。

第三个学年的冬天，我和赵娜老师一起去听傅聪先生的钢琴音乐会。心里想起我一个同学的样子。每次大家在一个稍像样点的餐馆吃饭，他都有叹息："唉，如果这些能让乡下的老妈吃上一口，该多好。"此刻我想，如果这音乐会能让在小镇上学的女儿听一下，该多好。

第二天有月全食，天上一轮圆圆的红月亮。夜晚的校园里全是学生，那些年轻的学生。我和同学在外面站了一会儿就回来了。隔着窗户看到一对年轻的恋人，在那样的月光下，男孩子捧着女孩子的脸，从额头一点点亲下来，到嘴边停住了。

快寒假时，主讲《红楼梦》的老师讲了一个故事，她大学毕业时，同学们谈各自的理想，一位女同学说，我的理想是每天哄孩子和看《红楼梦》，同学们都笑了。毕业十多年后，大家发现那位女同学的理想是最高理想。

最后的一个学期。

学校是老样子，几只流浪狗和一群喜鹊都是旧相识了。食堂和超市之间的路上，总停着一辆献血车。不远处，一群学生在为他们生病的同学募捐。新一年的自行车赛、演讲比赛和主持人大赛也将依次上演。晨起去食堂，看到外国语学院的周末电影海报也贴了出来。返回来时，已被新的广告盖住了。

到了中午，其中一个食堂的门外常坐着一排退休的教授，他们疲倦又老态龙钟的样子。在他们坐的长椅旁边的树上，挂着一块小黑板，上面用白色粉笔字发布一些通知，最常看到的是讣告。讣告上的名字也许几个月、几天前还和他们一起坐在长椅上晒太阳等饭点。他们安静地看着讣告，认真地晒太阳等饭点，一肚子学问、一生的情谊，已云淡风轻。

从宿舍到教学楼，一路都有喜鹊在飞翔。一只黑白分明的鸟，像夜一样黑的羽毛，翅膀上颤动着寒夜里的雪。飞翔时，颤动的白，时而融化，时而凝结，卑微又倔强地停在黑夜一样的梦境里。路两旁的树木还没长出新叶，几只喜鹊站在一根空荡的在初春里变软变绿的树枝上，又依次跳上另一根在风中晃动的树枝。它们是终身的旅行者，被关在笼子的外面一生漂泊。

北方的春天很缓慢，有很多次的乍暖还寒。惊蛰过后依然有雪融化在公寓楼之间的小路上，空气混合着泥土的潮湿味。校园里的流浪狗浑身湿漉，毛拧在一起，低着头蜷缩在楼檐下。旧年老去的枯草和褐色的落叶湿乎乎的，几根新生的绿草芽混在里面。

二号公寓楼的门前有两只流浪狗，每一只都有很多的名字："小黑，卷毛，旺旺，黄豆，花花，流浪汉，芭比……"每一个喂它们的学生，都给它起一个自己喜欢的名字。它们循声而去，对每一个名字都沉默，只埋头吃食物。黑色的那一只会把一些肉骨头很认真地用土埋起来。在周六周日，同学们都出去的时候，它再把那些埋起来的食物找出来。我的一位达斡尔族同学，北漂十年，没有积蓄，自己也常常吃不饱，却从口中节省出食物来喂它们。"芭比"，她叫着它的名字给它梳理毛发。芭比躺在地上，蹭在她的腿旁安静柔顺了很多，露出倔强忧伤又常充满祈求的眼神。达斡尔族同学穿着一身红运动衣在校园里跑步时，后面跟着一长串流浪狗。跑完步它们又回到各自的公寓楼门前。门前常有年轻的学生相爱和分手。一位男生拿着一只很大的毛绒熊站在楼下，女生下来，几句话又返回了楼里。男孩独自呆站了一会儿，把毛绒熊扔在楼前的草丛，走了。毛绒熊成了芭比的伙伴，它常躺在它的腿上或身上睡觉。

我们这幢楼里住的是同一年入学的学生。每天醒来，听到的是校园里国防生晨起训练的声音和一个女学生背英语的细小声音。刚上学时，我是在一群人背英语的声音里醒来。离我的宿舍很近的这块空间，通宵给电，挤满了晨起背书的学生。两年半过去了，只有一个人在坚持。宿舍冷，在一楼，春天也很冷，拖了地，地上的水印迟迟不干。待在宿舍时，除了睡觉，还没怎么脱过羽绒服。裹着一身的羽毛，并不是为了飞翔。

学校外面的巷子窄又长。晚上常去那里买水果，从我上学开始，这些摊主就站在那里卖水果，位置都没换过。快三年了，也都成了熟人，会问"快毕业了吧"。每天天快黑时，他们招呼得格外殷勤，他们在意一天的收成。冬天到晚上九点多、夏天十点多他们才收摊，回家做饭。

还有三个月毕业。我也像这些小巷里的谋生者一样，开始在这个城市里工作，有一家文学杂志社接纳了我。

二十几岁时，第一次从县城去市里，在人群中惊慌得连马路都过不了，同学从路的那边重走回来把我牵过去。现在，我在更大的城市里穿梭。我在父母、爱人和我自己的眼里都看到了不安。

我的父亲是一个梦想主义者，母亲是一个完美主义者，他们是二十世纪四十年代出生的知识分子，循规蹈矩又充满理想地过着简单的生活。三十多年前，父亲拿着厚厚的《现代汉语词典》，从头翻到尾，从尾翻到头，选了"瑛"这个字。我的出生地出产印石，父母希望我沉默如玉，在那里一言不发而又通透硬朗的温润。我寄托着他们的理想。

日常的生活里，微茫的理想常被吹乱吹散吹没了。图书馆安静的木桌木椅，流逝的时光，不知不觉地改变了我。

学校在城市的南郊，我工作的杂志社在东郊。每一天往返要坐三个小时的公交。公交车像一条条挤得变形的胖胖虫，爬行在城市的路上，一站一站呼哧气喘。晨风里，一个随风奔跑的易拉罐，滚动着它的空和冷，不知道会被哪个老人拾起。一个彩色的塑料袋，不知道会飞向城市的哪个方向。一个清冷的早晨，我看到并行的一辆公交车上一个女子在默默地流泪，隔着两层车窗，我看到她的泪水不停地流下来。绿灯亮了，两辆车慢慢错开。我的视线回到车内，看到一只小手正努力地去够一个可以扶握的栏杆，一次又一次地被挤得始终无法握到。那是一个急着去上学的孩子。人越来越多，车上车下都是拿着手机的"蚂蚁"。小偷挤在人群里养家糊口。人们不断地上路，选择远方，而所有人的未来是必将衰老和死亡，挣扎得气喘吁吁也逃不出去。

七月毕业典礼，同学们伤感离别各奔东西。毕业了，一些信还是寄到了旧地址，曾回过一次校园取邮件。假期的校园学生很少，小墙角空落下的流浪狗，少了那些常给它喂食的学生们，又瘦得露出了脊骨，过着半饥半饱的日子。学生放假了，绿地上的植物反客为主，摆着主人的架势开着花，生出枝叶，安静地做一棵植物，不去惊扰校园里的喜鹊和绿荫下数不清的昆虫。主教楼的很多出入口都贴着封条，只留了一个门，一条被青草半掩的路，走过三两个悄无声息的人。虽与上课时的景象处处不同，这里依然是我在这座城市里最熟悉的地方。

九月去云南，当飞机重又回到这座城市时，同事说，还是回家好。而对我来说是重又降落在一个陌生的城市。一片阑珊的灯火里，有一间出租的楼房，住着父母和女儿。

女儿坐在新学校的最后一排，没有同桌。她最大的愿望就是有一个同桌。两个月后另一个孩子转学来，她的愿望实现了。

我爱人每次来，都会说，回去吧，在这里多辛苦，床这么硬。夏天来时，他说，这里又热又吵。冬天来时，他说，这里这么冷。他说，你当初就不应该出来念书，念了书，就不回去了。第一次租房，没有经验，下一次就会好一些。我讨好地说，然后补一句，谢谢你当初让我出来上学。之后我们会说出同一句话：一家人还是在一起好。我们不知道什么时候可以在一起。

　　租的房子在东二环的路边，站在十楼上，能看到远远近近的灯火。一层又一层的灯火，层层叠叠地照进来。出租屋里夜晚很亮，厚厚的窗帘也遮不住。夜行货车的声音、火车的声音很清晰。夏夜开着窗子，还能听得见飞机的声音。

　　房子是复式的，客厅很高，卧室很低。小区只入住了一半，楼下没人住，楼上也没人住。隔一段时间就有一两家装修，钻头的声音、钉枪的声音、电锯的声音、上料下料的声音和刺鼻的油漆味飘荡在楼里。因为是租房，因为要搬家，能不买的东西尽量不买，连书也不再买。老家的房子里，有很多没用的东西，一盆毛茸茸的小花草，一张翘起了边的小贴纸，墙上几笔女儿小时候画的看不懂的"写意画"，门边一张随时为女儿量身高的挂图，长沙发上翻了几页的闲书……这些在租来的房子里都没有。租来的房子里都是有用的东西，有用的往往无趣。

　　租的房子离女儿的学校很近，不用过十字路口，没有红绿灯，她可以自己放学回家。我下班晚回的时候，在冷清的楼道里，有一只小兔子在笼子里等着她。那只小兔子是女儿"六一"儿童节的礼物。她常常抱着它，红色的校服上挂着很多白色的毛。

　　超市里只有猫粮和狗粮，没有兔粮，要坐 79 路公交，坐一个小时去文化商城那边买。夏天，小区里有紫花苜蓿草，小兔子很爱吃。女儿荡秋千的时候，把小兔子放在旁边的草地上，它埋头吃苜蓿草，从不乱跑。

　　在城市里一无所有，生活很节俭，小兔子吃的白菜萝卜也要计划一下。那天我给了它三条胡萝卜、两片卷心菜，还有一把兔粮，拿起卷心菜的根又放回了原处，这是小兔子最爱吃的，还是下一次再吃吧。没想到的是，那一天，小兔子咬着笼子死了，那个菜根它没有吃到。它陪伴我们生活了六个月。很长时间我们没法再吃胡萝卜和卷心菜，之后我们再吃胡萝卜和卷心菜的时候还会想起那只小兔子。那只小兔子永远留在了小区里，紫花苜蓿草丛的旁边，一棵松树下。它的眼睛是黑色的，全身毛色瓷白，像沙滩上的贝壳。

我毕业后的第二个夏天，女儿小学毕业，我们就要搬离那个小区了，我要随女儿的学校而迁徙。记得刚搬来的时候，我从学校里拎着一只皮箱，爱人送女儿来，带着一些厨具和行李，等搬离那个小区的时候，我交给搬家公司一张清单：

纤维袋　7

大、小箱　21

其他袋、包　8

盆、壶

椅、凳　6

床　2

衣架　1

菜板　2

拖地桶　1

冷冻肉　1

我才知道东西竟然这样多，其中大部分是爱人从老家一皮箱一皮箱搬来的。他常抱怨我放着安适的生活不过，又心疼我们现在过得清苦。为了我一个人的理想，我和我的家人不得不面对艰难的现实。也许今天的生活在很久以前就有了征兆，二十年前我的一个中学同学在我后来就读的大学上学，那时每次给她写信，写下校名、写下"汉语系九二级"，我对每个字充满了向往。也许那时一笔一画写信封的时候，就注定了现在的生活。

再次租住的是电影制片厂小区。年代久远的老旧小区，楼梯昏暗，台阶的两边堆满灰尘，台阶的中间水泥又黑又亮。墙上和台阶上贴满"专业疏通下水"的广告。

小区的对面很鲜亮，是一溜做蒙古袍的商铺和几家蒙古族文化的摄影公司，一到晚上六点钟，垃圾车从巷口进来，每家商铺门前堆满了裁剪蒙古袍余下的边角料，小巷的路面五颜六色的。这些店铺还卖银镶红珊瑚或绿松石的首饰，有一家卖马头琴和蒙古刀样式的U盘，马头琴样式的U盘的芯在"琴箱"里，蒙古刀样式的U盘拨开刀鞘就露出来，刀柄上镶着一颗小的绿松石。我买下来，送给胡玉丽同学，她是我的中学同学，四十岁的她要从北京去美国求学。后来她在微信上发来课本和英文小说的对比图，课本上的字母小而密，密度是英文小说的三倍。在芝加哥，走在校园里，她觉得是应约而至。她说有个远方一直在那里耐心地等待着她，她到了才知道。她的七十岁的教授赠给她一个新年龄，六岁。

真好，我比她大三个月。我似乎也有了我的新年龄，似乎也有了童心，发现世界很有趣。小区里租住了很多周边学校陪读的家庭。楼里有弹钢琴的孩子，学马头琴的孩子，拉四胡和小提琴的孩子，吹长笛和小号的孩子，学古筝的那个孩子刚开始学，每隔半分钟弹出一个音。一到晚上八点多钟，交响乐队就开始演奏了，不同的乐器各种初学的乐曲穿过墙壁，声音不大不小远近不同地传来，乱敲玩具架子鼓的小孩子演奏时间不固定，有时也会加入合奏。

一楼的两户是老年人。

老人的孩子们都远在外省或外国。他们都养着一对宠物，种着一个菜园。红色的豆角花、细长的黄瓜、翠绿的辣椒、半青半红的西红柿垂挂在各种绿叶中间。我对女儿说，妈妈小时候的家就是这样的。西边的这家养的是一对孪生的白色太妃狗，它们常趴在窗台上，摆着一模一样的姿势，一起慢吞吞地抬头，一起伸懒腰，一起用同一种安静的眼神望向窗外，一起把鼻子压扁在玻璃窗上，一动不动的时候像两只毛绒玩具。东边的那家养的是一对鹩哥，两只鸟用汉语对话，说很长的句子，大部分我们听不懂。说得最清楚的是"恭喜发财，破烂换钱"，它们把这两句放在一起说。前一句是主人教的，后一句是在小区的院子里自学的。女儿看着它们不愿意回去，我教训起女儿来，一只鸟忽然说"你妈妈真啰嗦"，我们都笑了。

一位老爷爷乐呵呵地从楼里出来，给我们讲两只鸟的故事。"当时它才出壳七天。"老人像说自己的孩子一样，从小时候讲起。这一对鸟会模仿老人日常的声音，咳嗽、叹气、口头语、打电话、手机铃音和切菜的声音。老人对它们说："今天晚上吃什么你们知道吗？"老人刚说完，一只鸟说了一遍，另一只也说了一遍，语气与老人的一样寂寥。一片黑亮的羽毛飘落在笼子里，两只鸟忽然不停地彼此问："几点了？几点了？"我们和老人还有他会说话的鸟再见，回家洗我一周换下来的衣服和孩子红色配着银反光条的校服。

　　漏水的水笼头像小喷泉，洗衣机的排水管一再加长才能爬过老式的高高的水泥槽。破旧的小区的周边是三所大学和省图书馆，对人类精神的崇敬是天生的，我，一只四十岁的蚂蚁无力抗拒。

二〇一六年冬天在北京

二〇一六年冬天，我在北京参加中国作家协会第九次全国代表大会。会务住宿安排在长安街的北京饭店。北京饭店在夜色里异常温暖，整个楼群笼在一片金橘色的灯火里，像小时候家家户户窗口透出的 15 瓦或 25 瓦的灯泡发出的光。

在北京生活的父母不要我穿城去看他们，他们说，开会要专心。

会议结束后，我去妹妹家住了几天。

家里只有父亲、母亲、我和妹妹，我们四个人回到了原生家庭状态。这样四个人一起朝夕相处，大约是二十多年前，我还没出嫁，妹妹寒暑假放假在家时。妹妹从上了高中就一直在外求学，读到了博士。现在大学教书。她的爱人在国外工作。再过五个月，妹妹就要做妈妈了。

小时候一家人挤在一铺炕上，炕沿儿下一根长长的灯绳，顺着炕沿儿，从炕头一直到炕梢。早晨轻轻一拉，一间小屋就从清晨朦胧的夜色里变成了橘子一样的颜色，阑珊夜色里多了一团亮着的小小的光。父亲最先起来，点暖炉火，母亲为我们烤暖棉袄棉裤。初冬时节家里才有橘子，我和妹妹常剥了橘子皮放在炉盖上，满屋子都是橘子的香气。后来上了学，我很奇怪小橘灯是怎么用那么小的橘子做出来的，再后来，见到了南方的丑橘才明白了。

这两年父母在北京生活，原本只是暂时照顾怀孕的妹妹，后来他们越来越喜欢这个城市，有了长期居住的打算。

父亲有了三颗假牙，母亲有了九颗。他们做的食物越来越软。

有一篇文章曾写到一位牙医珍藏的作家马尔克斯的一颗蛀牙。一个有密码锁的黑色手提箱，一个蓝色天鹅绒的小袋子使里面的东西不受抓痕和时间的侵害，里面是一颗三个牙根的普通蛀牙。父亲母亲的牙齿失落在哪里呢？婴儿时萌出的乳牙，年老后拔掉的恒牙，不合适丢掉的假牙。

先刷真牙，再刷假牙，母亲摘掉假牙后立刻就衰老了。

我在四十岁开始越来越像父亲。夏天时和女儿一起去江南，找到十年前拍照的枫桥上相同的地点，镜头里的我，像极了父亲，女儿看着照片一直笑啊笑，她说，妈妈是穿裙子的姥爷。

女儿小时候，一段时间像我，一段时间像我爱人。我以为，人长大后固定下来就不会变，原来这个相貌是一直在变化的，面容里藏着很多生命的未知线索。少年后我一直像姥姥家的人，妈妈和舅舅，与舅舅家的表兄表弟也非常像。为人妻母以后也没什么变化。而今年，我在女儿拍的照片里看到，我的头发掉的比例和分布越来越像父亲，脸也下垂出父亲的脸型，母系家族宽宽的额头上，是与父亲额头上一模一样的皱纹纹路。

无论我要去哪里，母亲都执意送我到地铁站，并熟练地带我找到直梯。车还没来，我习惯性地向黑暗的隧洞深处看，再习惯性地看我身后明亮的广告牌，地铁十四号线上有单向空间做的大师语录，我读上面的字句，又从地铁车厢里看那些黑色的方块字变形消失，看着大师们从我的眼前飞速掠过。

我一个人去了单向空间，也许一直听"单读"电台，觉得这里很熟悉，它和其他的书吧也没有很多的不同。店主许知远在店里，店猫也都在，进门的墙上是二〇一六年每一天的单向历，一页页，一天天。买了小津安二郎的《豆腐匠的哲学》和单读手账。拍了二〇一七年一月一日的单向历，又上梯子拍了在墙壁顶端的二〇一六年一月一日。二〇一四年冬天我家前面的大学街改线为单向街时，就因为花家地的这家单向街书店，我走在路上看着同一个方向的车流，想到这家书店，就更加热爱生活了。

地铁像河流一样，穿越北京城。从地铁口出来，走在长安街上，想起了两位朋友，他和她。如今他们都不在这个城市，顿觉京城空了一半。他是一位在网络上相识的朋友，因为我的一篇文章，曾向我细细地说起过这里的每一条街道，把这座原本陌生的城市向我描述成了旧友。她是我的中学同学，领着我穿过这里的街巷和胡同，排队买糖炒栗子，在什刹海的荷塘边看酒吧的灯一盏盏亮起来。后海酒吧一条街，白天是瞌睡的，一入夜就明媚起来，有各式各款的小烛台，各时期音乐流派，各种各样的表达。

北京街边的墙总是很高，有着粗糙质感的灰色墙砖，里面常有一两棵柿子树，落光了叶子，露出了空空的枝丫，像树的根系。枝头仍挂着两三个柿子，颜色还略有橙黄，努力呈现着时而灰蒙的城市里投射的阳光。

从北京回生活的城市，飞机上看到一城灯火，异乡的灯火，故乡的灯火，照亮不发光的地球。灯火，与日出、月光一样，有丰盛的慈爱。

通向海底的木梯

二〇〇四年初秋，在三亚。当时人们对体验潜水旅行还很陌生，心里有很多疑虑和恐惧。那天下午，去潜水点的快艇上只有我一个乘客。

潜水服厚厚的，湿乎乎的，海上的风吹在脸上和身上，吹出潜水服上消毒水的味道。眼前，湛蓝的海水里十几位教练一字排开。他们只露着头部。南方人特有的深棕色脸孔，看起来就像一排猕猴桃漂浮在蓝色的海面上。他们眼神亮晶晶的，笑意在眼睛里闪烁。我选择了一位距离最近的教练。

教练的南方普通话说得很慢。他教我在海底使用的手语。"很好，继续。""不舒服，上去。""很妙，向更深处。"教练反复示范着潜水呼吸法，又给我装备了海绵服、氧气瓶和重约三十公斤的锁链和铅块。我戴上潜水镜和脚蹼，沿着潜水点的木梯一步一级地走在大海里。

海水的折射让木梯弯曲得厉害，比实际位置偏高，海的波动让木梯看起来像是不停地晃动，我戴着脚蹼，行走得深一脚浅一脚。一个在草原上长大，从未下过水，不会游泳，第一次看见大海就要潜入海底的人，内心的勇气像从悬崖上直接跳进了大海。

我随着海的波浪微微发抖，不知道是海水凉还是心里害怕。教练拉住我潜水服上的装置轻轻一提，整个人忽然在海面上漂浮起来，我们在海面上渐渐远离了潜水点，到了潜水区。

躺在大海上的时候，就像躺在草原上，平坦柔软，是一种来自博大的呵护。每一个水波像一株小草，轻轻地托着我。蓝天清澈可爱，海水蓝绿，灵魂透明，我变成蓝色的我。我像海鸟一样，穿过湛蓝的水面，在海面上留下水花和涟漪。刚一下去，没掌握好呼吸法，连呛了几口海水，没来得及打手语，已被教练提上了海面。海水很咸很涩，流进我的体内，一种复杂而强烈的味道，猝不及防又细腻微妙。教练示范着呼吸法，告诉我，潜水时类似失重状态，不会游泳也可以像鱼一样游来游去。他的眼神很清澈。空旷的海面上，我们两个人类再次下到水中，我将注意力集中在自己的呼吸上，一吸一呼，咕噜噜涌起一长串气泡。只能听到我呼出气泡的声音，陆地上的一切声音都消失了。

像一尾沉入水里的鱼，我展开双臂，毫不费力地潜行。透明静止的蓝色包裹在周围，像在蓝色里飞翔，也像在外太空飘浮。

我使用了新学的海底手语："很妙，向更深处。"

海的更深处，一切的一切安静而明亮。潜水是一种缘分，只有晴朗的玻璃水质，海底才从迷雾里显露出来。阳光此时正好，海底宁静平和。

大海里有山谷。是另一个世界。

斑斓的鱼在我手臂下结队游过，偶尔还有虾兵蟹将迎面而来。海马坚挺着脊梁绕开高大的火山石。淡红色、乳白色的珊瑚丛中斑斓的鱼们暗自争夺食物和空间，水中漂浮的植物柔软且鲜艳，与陆地上的植物完全属于不同的色系。珊瑚礁的沟壑中有着神奇的花纹。

潜得越深，水越凉。我看到了最透明的蓝，触摸到海底的山石，手捧金灿灿的海菊花，想抓美丽的鱼，指尖凉滑，什么也没抓到。

我寻找着漂流瓶，古老的沉船和覆盖着海草的陶罐，我希望能看到它们，它们与我一样，来自陆地，试图与大海沟通。

没有漂流瓶和陶罐，没有沉船。这不是我想象中的大海，是旅游开发出的风平浪静的水域，看不到化身孤岛的蓝鲸，也看不到对人类好奇的大白鲨。

我是一个异类，偶然闯入了异地。我看到的一切，不知道哪个是真实，哪个是幻象。什么是大海里的现实主义？一个人心中的暴风雨是否比海上的更猛烈？月亮是从海底升起来的吗？所有在水下成群结伴的普通生灵们，是否如同在街道上擦肩的人群？

潜行在大海深处，隔着蓝色，所有的问题无需解答，所有色彩都梦幻起来。大海里的万物是一种灿烂而冰凉的美。最深的海底一定住着一位孤独的女巫，她没有把她所知道的一切讲出来，我听到她轻声说，到海底来吧，看见更真实的自己。

氧气瓶的数值指示着回到海面的时间。我从海底慢慢浮上来，脚蹼踢到海面，看到太阳。海面是两个世界的分界线。仰卧在大海软软的水波里，与半小时前躺在海面上的我相遇，发现此时的我已经是另一个我，同时拥有了陆地和海洋两种血统。

在海面上，听到了大海里深藏着的音乐。俄罗斯音乐家康定斯基说："每一种色彩都能够在音乐中找到相对应的乐器。淡蓝色是长笛，深蓝色是大提琴，更深的蓝色是雷鸣般的双管巴斯，最深的蓝色是管风琴。"层层叠叠高高低低的蓝正在演奏，不知道这声音来自大海本身，还是来自一支古老沉船里的乐队。

也许是贝多芬的交响乐，年轻的他听到命运在敲门。中年的他看清了人世的痛苦，要把欢乐带给每一个人。晚年的他与命运和解，天人合一，体验着精神的自由之境。自由之境不是超凡脱俗，是在生活之中的片刻逃离。自由与自身的局限、沉闷细密的生活之间的落差诞生着艺术的张力。他晚年的作品像晴日的大海一样，有辽阔的清凉，精神的慰藉。

一步一级走过通向海底的木梯，这是陆地通向海底之路，也是海底通向陆地之路。世界铺开，我热爱陆地上人类赋予的每一种角色，热爱万物的相生，热爱身上缚着锈迹斑斑的铁链和沉重的铅块，热爱每一种束缚和恐惧。热爱新奇，也热爱平淡无奇。

告别教练，我上岸了。从一脚迈进潜水点的快艇到重回到岸边的沙滩，四十五分钟。

近岸的海水淡绿清澈，恍若隔世。漫长寂静的海岸线，涌起的波涛拍打着海边，海水溅起的遥远泡沫像我遗失在大海里的气泡。我无法向同行的人说清楚在海底的感觉。在呼噜噜的气泡声里，我曾在蓝色的海水里飞翔。我以为我是灰色的，我是胆小听话的。在海底，我看到我是蓝色的，我是勇敢的。赤脚踩在岸边的细沙上。细沙异常的软，暖融融地流进我的脚趾缝。我好像仍在大海里，柔软的沙滩如波浪一样晃动。

第二辑 唱长调的牧人

唐 诗 课

　　唐诗课在春天。每年三月，古代文学的唐诗课就开始了。主讲人是高建新先生。

　　高先生总是提个旧布袋，急匆匆地走进教室，不上讲台，坐在课桌的第一排，拿出厚厚的有些卷了边的讲义，埋头就讲起来。一节课，黑板上只写一两个字。

　　高先生讲唐诗的风骨、辞章、兴象、韵味，慢慢地把学生引向内心的深处。诗境浑融，审美细节华蔓丛生，高先生传达的不只是学问，更多是精神。一卷泛黄的唐诗，遥隔千年烟尘而来，满教室都是汉唐气象。

　　高先生也有讲得完全忘了学生的时候。课堂上停顿的片刻，也意味深长。

　　有时，他深情地、旁若无人地大声朗读："玲珑骰子安红豆，入骨相思知不知。"尤其是"知——不——知"三个字，把人生的很多情怀含在里面。

　　全班同学一齐从书上抬起头来，一起说："老师，是你吗？"

　　有时，一节课高先生只细细地从头讲古，远远地绕进唐诗里，与诞生那些人物的岁月一样耐心。

清代所编《全唐诗》，收录二千三百多位诗人。唐朝诗人李涉夜宿小村，遇强盗，强盗得知诗人姓名后非常尊重，只索诗而不抢劫。强盗抢诗，只能发生在唐代。唐人的生活，是以诗的眼光看生活，再无一个朝代如此。

盛唐的李白，一袭古装白衣飘飘，"明月直入，无心可猜"。明亮宁静浩荡，天地壮阔，"君不见长江之水天上来，奔流到海不复回"，蓬勃向上的生命精神传达着崇高的审美。

在国外流传最广泛的一首唐诗是李白的爱情诗《长干行》，这首诗由诗人庞德译介过去，在美国就连老人和孩子也熟悉这首诗：

妾发初覆额，折花门前剧。

郎骑竹马来，绕床弄青梅。

同居长干里，两小无嫌猜。

十四为君妇，羞颜未尝开。

低头向暗壁，千唤不一回。

……

我之前不知道这首诗是李白写的，这样柔软动人。"青梅竹马""两小无猜"两个成语就出自这首诗。

在离乱不安的中唐，杜甫长期的流亡和水上漂泊的舟居，他穿透所有的混乱和颠倒，拥有"济苍生"的大理想。"国破山河在，城春草木深"，他写的是悲伤的诗句。《闻官军收河南河北》是他最快乐的一首诗：

剑外忽传收蓟北,初闻涕泪满衣裳。

却看妻子愁何在,漫卷诗书喜欲狂。

白日放歌须纵酒,青春作伴好还乡。

即从巴峡穿巫峡,便下襄阳向洛阳。

　　一九四五年抗日战争胜利,各大报纸头版不约而同地刊登了杜甫的这首诗。流亡在各地的诗人也不约而同地背起了杜甫的这首诗。相隔那么多朝代,战乱中颠沛流离的人们感情是相同的。

　　到了衰飒悲凉的晚唐,历史惨烈地盛衰更替,李商隐在"逃循"中创造了心境和意绪之美。杜牧沧桑唱叹"南朝四百八十寺,多少楼台烟雨中"。

　　淡化开年代的划分,唐诗又分了新知和旧识。原不曾读过的新诗一见如故,旧诗重读又崭新起来。

　　韦应物的《送杨氏女》我第一次读到,一句句一行行,再普通不过,是一首送女出嫁的诗:

　　……

女子今有行,大江溯轻舟。

尔辈苦无恃,抚念益慈柔。

幼为长所育,两别泣不休。

对此结中肠,义往难复留。

自小阙内训,事姑贻我忧。

　　……

这首诗的大意是：这段时间我整天凄惶，今天大女儿要乘船远行去做新娘。她自幼没了母亲，抚养她时我加倍疼爱。幼小的妹妹依靠她抚育，现在姐姐要出嫁了，姐妹抱着痛哭，我更加悲伤难抑。女大当嫁，我不能挽留。她从小缺少母亲的教育，以后怎么跟婆婆相处呵，幸好所嫁的是户良善人家，婆家的宽容怜惜能减少她的过失吧。我崇尚清贫节俭，没有顾虑嫁妆的丰厚完备。到了婆家，要孝顺恭敬长幼，恪守妇德，容貌举止要合乎礼节。父女在今晨离别，以后相见不知要等到什么时候。这段时间我也在尽量安慰排遣自己，事到临头还是忍不住伤感得一发难收。送罢大女儿，回来看到家里的小女儿，我再也忍不住热泪，让它在帽带上任情地流淌。

韦应物早年豪纵不羁，竟写下这样的慈父文。如同道家常，那样舍不得，那样牵挂，那样声声训诫唠叨。很多人家，在嫁女儿的那天，最伤心感怀的是父亲。

孟浩然的《春晓》是旧识。

春眠不觉晓，处处闻啼鸟。
夜来风雨声，花落知多少。

坐在唐诗课堂上的我，找回了童声唱和背《春晓》的时光。熟悉得不能再熟悉的这一首唐诗，初读时，还是摇头晃脑背诗的思无邪少年，一群在手腕上画表打发时间的小孩子，单纯得天真质朴，琅琅的童声音韵悦耳。同学少年，往事如烟，"花落知多少"，岂止是对春天的爱惜，为之惘然惆怅的是那些交错的片断的记忆，离散的人和时光。这时再读李白赠杜甫的诗："飞蓬各自远，且尽手中杯。"杜甫回赠的"秋来相顾尚飘蓬"和杜甫偶遇少年知交时所写"少壮能几时？鬓发各已苍"，心里涌起了无限的"知多少"和"知不知"。

重读熟悉的唐诗，温故而知新，是这其中的意趣和快乐。各自不同的生命，各美其美，在唐诗课里也有不同的体验。相同的是，唐诗会一直给予生命以惊喜和慰藉。

高先生除唐诗课外，还讲授陶渊明。讲这两个课，先生呈现出不一样的态度，讲唐诗时多豪迈，讲陶潜时则多澄明。诗唐是他向往的年代，陶渊明是他做人的向往。

有轻狂的学生，不服气先生的课，下课时说，高先生的课一半我接受。却从不放弃去听。唐诗课的滋养，总会或早或晚、或隐或显地陪伴我们的人生。

比学生更用功的是来听唐诗课的青年讲师，坐在最后一排，认真地做笔记。

俯下身，埋下头，诚心诚意地阅读和做学问，是高先生的期望和要求。唐诗课是一种文化精神的荫庇。

慢 春 天

　　《民族文学》杂志二〇一三年的改稿班，在北京市六环的龙泉宾馆。宾馆是仿古的建筑，有很多的门和路口，是一座小径分岔的花园，相邻的两个房间都要转一下才能到。我记性差，每次从屋里出去都不是走同一条路，回来也一样。去吃饭，去赏花，去庭园里荡秋千，都是走在回廊中。

　　气温的反复无常，使这个春天来得迟缓。天气虽冷，春天依旧在成长着，绿色每天都会变化一些，每天也只是再绿一点点，树叶每天长大一点，花今天这朵落了，明天那朵开了。新绽的柳叶真是玉丝绦一样，在雨中新鲜着，柔软得不忍心触碰。玉兰花在风里展开，我竟觉得与莲花很像。樱花也是第一次看到，白得高贵而落寞，用美努力制约着内在的悲伤。

　　下过一次雨，雨丝很细，空中看不到，只在水面上缓缓漾开。仿古的客舍在细细的雨中，青灰色变得朴拙和沉雄。雨、泥土、干草和嫩草、花和树木的味道融在空中。

　　春天，像一个小婴儿，一点也不急着长大，大部分时间还在憨憨地睡着。

　　同一个屋住的是九十年代出生的在读大三的苏笑嫣，她的年龄和我的婚龄差不多。

　　每天晚上，我给父母打电话，给爱人打电话，给孩子打电话。她看北京的天气预报，看另外两地的天气预报，我们的牵挂是不一样的方式，都是极深的牵挂。

　　许是窗外樱花开开落落的，就从网上下载了川端康成的《伊豆的舞女》。原来重读川端先生总是选在下过一场雪之后，而今，一场风起樱花如雪，也适合读吧。

　　《伊豆的舞女》最美在两个人隔开的一米多不到两米的距离，她走在他身后，不想缩短间隔，也不愿拉开距离。一个高中生和一个天真未凿的十四岁的小舞女薰子，无邪的爱慕疼惜，是宁愿卑微地跪下来，替高中生掸尘的身姿。

　　我对同居一屋的她也生出了这样的情感，远远地爱怜起来。

　　从成都骑自行车去西藏，被网上订购的快递件跟踪，和智能语音交互软件"小黄蜂"说话，开手工艺品网店，出版长篇小说和诗集。

　　她孤独，清醒，明亮。

　　她予人的温暖，介于惊蛰和谷雨之间，暗藏着一个深海一样浑圆的春天。她会在她硬朗细密的叶的边缘挂上一小串露珠，闪烁着，带给我小针刺一般的喜悦。

　　我们在清冷的凌晨听着摇滚，聊草莓音乐节的歌者，"798"里画画的女孩子，做刺青的艺术家。理想，使他们困在北京，不会逃走。

　　说着说着，就睡了，睡着睡着，就醒了。时间在这里如同这个春天一样，很缓慢很天然。

　　下午，阳光在打开的窗帘里照进来。苏笑嫣改一篇小说《无谓的忧伤》，我开始写一篇准备了快两年的散文。之前写过一些，放了两月余，以为她已暗自顶落了表皮，生长了嫩芽，来时翻开还是老样子。在这个迟缓的春天，在这间仿古的客舍里，她开始一点点生长。

指尖在黑巧克力一样的键盘上等待，如同嫩芽在黑暗的土地里。我和苏笑嫣坐在彼此的深落的黑暗里凝视自己，中间是远远的沉默的爱怜。那些黑巧克力一样的键盘在我们的耐心等待里变成了透明的瓶瓶罐罐，里面住着语言的蓝精灵。指尖在一百零八个键上行走，那些轨迹绘制下来，是否也像星空一样神秘。那些节奏和声响晃动着文字的光影和明暗。时间的光影和明暗在窗外的叶间晃动。春天和理想一起来了。

我们住的龙泉宾馆的北面是永定河水库，有随父母去钓鱼的小孩子，拿着小石块在水边的沙地上画字，如同写诗，又凉又硬又凌厉的石块被握暖。我们坐在坝沿上看夕阳，夕阳像广告牌上的色卡，天空的颜色一样一样地变幻：……橙红，莓，薄红，胭脂，栗梅，桑染，深绯……直到素月升起，色彩的变幻并不停顿。黑和灰和蓝之间，冷与暗与深之间，拥有无穷无尽的中间色，重重叠叠。字和词和段落，也有无穷无尽的变幻，气象万千。

我们在网上订购了彼此的书。我们并不只是在文字中建立理想，而是遇见生命中的友人。

剪 纸 课

主讲人是中央美院的乔晓光教授，一位剪纸艺术的研究者和创作者。

他一上来就说，时间过得很快，文化消失得更快。战争、灾难、盖楼都不能使文化丢失，只有这个民族自己不重视、不保护才会丢失。

安徒生是一个剪纸艺术家，他的童话从剪纸开始，边铰边讲，再写出来。三联出版社曾出过他的作品集《安徒生剪影》。

挪威的凯伦·碧特·维勒是剪纸艺术家，挪威是个多雪的国家，维勒是爱织毛衣的女孩，她喜欢用剪刀把她看到的不同的雪花和北欧织毛衣的图案组合剪出，藏在床底下。藏来藏去，剪来剪去，就成了剪纸艺术大师。

中国的剪花娘子库淑兰是陕西的农妇，生过十三个孩子，十个死于灾荒疾病。她的作品是丰饶的母体，里面万物生长，颜色是大自然的各种颜色。她把各种颜色的纸剪成一个造型，贴成一幅画，她的剪纸里有复杂的仪式，有信仰。每幅作品的布局都是上为天，中间是人，下面是大地。我看到的几幅觉得特别适合做莫言先生的长篇小说《丰乳肥臀》的封面。

库淑兰现已不在人世，她的剪纸集是台湾一家出版社在她活着的时候整理出版的，标价 188 元，印刷质量高，剪纸作品跃然纸上，使人忍不住去摸那纸，才确定是平面的。

同是陕西的郭佩珍的剪纸作品多为长卷，她是用剪纸讲故事的人。

林桃是福建人，她用原始的抽象的纹理剪出家里一切物品的样子，再把剪纸盖在物品的上面。就有了《饭勺花》《肩罩花》《猪脚花》这样的作品。她现在也去世了，活了一百零六岁。

王老赏是河北的老先生，是个戏迷，他剪戏曲人物和脸谱。泥人张，剪纸王，这王说的就是王老赏，一八九〇年生，一九五一年死。

乔先生从外国讲到中国，从过去讲到现在，从他人讲到自己。

乔先生用手艺创造电脑做不到的，他用中国剪纸为挪威、芬兰戏剧设计舞台。他的巨幅剪纸作品《出发》，在芝加哥机场的墙面上，林肯、卓别林、奥巴马等很多美国著名人物和抱着孩子拉着箱子的普通人一起《出发》，在创作的时候，他不知道该怎样使芝加哥和北京剪在一起，后来把芝加哥的天际线和长安街的水平线合二为一。

他和前面说到的那个爱织毛衣的挪威艺术家凯伦·碧特·维勒曾做过以龙为主题的剪纸展。

维勒剪出七枚龙蛋，寓上帝用七天创造出世界。蛋的边缘是一圈各种各样的雪花，里面用织毛衣的线纹讲述了北欧的过去现在和将来。

乔先生在无限的中国龙的文化里选择了一个成语，鱼龙变化，意为世事或人的根本变化。他悟到，没有人就没有龙。他用了黑色，在创作收集素材的时候，他才知道民间有一种花纹就叫鱼龙纹。他觉得得到了神的恩典。

乔先生在中央美术学院任教，曾派他的博士生两个一组去向民间剪纸艺人学习，一个整理作品，一个整理传记。他的学生的作品，有一幅以《父亲》为题，是四幅双手，背景是春夏秋冬，一圈圈的指纹和掌心的每一条纹路是民间的剪纸花纹。

讲座是六点多一点结束的，乔先生说这是两天半的课。三个多小时他一直讲得像初登讲台一样兴奋认真。结束时很多人舍不得走。有很多老人来听课，其中一位的手机铃声是先大声地报出电话号码，接着唱"小背篓，晃悠悠"。第一次响时，全场的人向她的方向集体怒目，第三次响的时候，刚报出号码，全场的人都笑了。

蚂蚁的选择

《蚂蚁的寓言》是我在高中毕业那年读到的一篇文章，它说的是，假设一些蚂蚁有了新的念头，想一生尽可能地爬得高。于是，它们开始在森林中寻找一棵树，大概它们都是选择离自己最近的一棵，它们不知道这棵树是高大还是矮小，它们只能这样，因为这个对它们一生最为重要的选择，恰恰发生在它们一生中最缺少经验和智慧的时候。爬上树以后，它们又开始在树的千枝百杈中进行一次次选择，它们的经验越来越多，它们的机会却越来越少。

毕业十多年后，当我和我的同学们都接近或已经三十岁的时候，我发现，我们就像一群忙碌的蚂蚁，我们也曾面对过整片森林，我们依然在面对树的枝杈纷杂……

云在青天水在瓶

"云在青天水在瓶"是一句中国的禅语，用它来形容陈的生活是恰当的。陈是我们班的"画家"，他总是一副乱七八糟的打扮和看似混乱的色彩搭配。他现在过的是闲适的生活：宠娇妻如玉，爱女儿如花。也许，他表面上的无为掩盖着某种深刻，也许，就像这句禅语说的：每个人本都有自己的位置，每个人也都应该各归其属。对于陈，别人说多了，也是废话，还是让他自己说吧：

我一直在找最适合我的位置。

两次高考失败后，我放弃了这条路，并安慰自己：大学是磨损天才的地方。其实，我能算什么天才呢？只是会画那么几笔画，它虽然使我侥幸地通过了报考美专的专业测试，却也基本上荒废了我的学业。

我也不能回家，我的家在那么偏僻的地方，它虽属于内蒙古大草原，却荒凉得一年四季很难看到绿色，而且，母亲那忧伤的眼神总像板子一样敲打着我，使我总想往外逃。那里最使我留恋的是我的奶奶，她一个字都不识，却充满了智慧，她用她那没有牙的瘪嘴说："孩儿啊，套马杆再长，也套不住天上的星星。"我多想做一颗星星啊，自由自在的，还能有自己的光芒。

可我不能做星星，我首先得解决吃饭的问题。我先去了一家广告装潢行。三年后，我从那里出来，我不想一辈子在别人手底下做事。我办了一个书屋，这个被我取名为"浅浅"的书屋，给我带来了好运气。

在这里，我认识了我的妻子小小。小小纯洁得像一篇童话。她长得像动画片里的小女孩，长睫毛，圆眼睛忽闪着。她看着我挂在书屋墙上的字画发出由衷的赞叹，她说我的服装乱得有章法，充满了艺术家的气质。我长这么大，从来没被人这么夸过，更何况是这么美这么纯净的女孩。在她的欣赏中，在我的心花怒放里，我们的相亲相近是非常自然的。小小是个柔弱的女孩子，生活能力很差。弗洛伊德不愿意让他的小女儿抛头露面，面对残酷的生活。我也不希望我的小小面对生活的艰辛。好在，小小也是个没有太多欲望的女孩，书屋足够我们维持体面的清贫。有时候，我也想把书屋经营得更具规模些，可是，我却感到我的能力有限，人家一个电话就解决的问题，我几乎跑断了腿，我可不想为了追求自己的目标而把自己给丢了。阿来说："我是个傻子，不必要靠聪明人的规矩行事。"我就用这句话，原谅了自己的无能。

在路上

冯大学毕业后，就在北京漂着。每次给他打电话，不是刚下飞机，就是刚上火车，像是一直在路上。

刚开始时，他的日子过得相当苦，租住地下室，工作换来换去。没有收入的日子，只能吃最低价位的方便面。他无暇体验北京的绚美与现代，就在被污染得灰蒙蒙的天和栉比鳞次的高楼大厦中感到了压力。他的身影总定格在这样的画面："每当太阳升起的时候，非洲大陆上的羚羊和猎豹都要拼命地奔跑，羚羊要逃脱猎豹的追捕，猎豹必须追上那只跑得最慢的羚羊。"他在努力适应大都市的生存法则，渐渐地没有了辛苦的概念，也渐渐地滋生出了一点"北京人"的优越。他总这样说，不论是回顾过去，还是展望未来，现在的生活都是最好的生活。他不断调整新的目标，那种无止境的欲望，把他折腾得吃苦受罪，可他就像只适于战争的巴顿将军，喜欢在冲锋陷阵中显示智慧与才华。

女孩子中，他只喜欢伊能静，这不仅是因为伊长得漂亮，会唱歌，会写诗，会演戏，更因为伊能静说过："如果我的欲念更深沉一些或者节制一些就好了，但我却又想，也不过是一次的人生，

【104】

精精彩彩岂不更好。"这句话，一下子说到他的心坎上，可是，他眼看着伊能静结婚生子，而他还光棍一根。

但这丝毫不会影响他，他不论在什么时候，都保持着乐观的天性、坚强的耐力、年轻的心态和旺盛的精力，因为，永远在路上的人永远年轻。

哪个是西瓜

楚和我就像是一个坐标系上互相映衬的两点，我们的生活是被一个模子刻出来的，我们看着彼此，就像看着自己的影子，所以，这么多年，我们也一直如影相随。

我们都是在规则中长大的灰不溜秋的孩子。我们学的专业是父母为我们精心挑选的，我们的职业是父母为我们刻意安排的，我们嫁的人是父母相中满意的，我们生活的圈子是父母为我们设定的。我们该结婚时结婚，该生子时生子，总之，我们走的路是父母用爱蹚出来的。

灰色是我们人生的基调，如果你把许多颜色混在一起，那就是灰，它容纳一切，但它不显示任何。

我们的脸上总是挂着知足平和的微笑，因为我们没有什么可以不满足的，我们什么力都没费，就过着衣食无忧的、令很多人羡慕的生活。

我们的日子总是呈现着温和的神态，但是，在那其中，却暗藏着我们的不甘心——我们的能力不止于此呀！可是，当机会来临，第一个选择退却的恰好是我们自己。因为在规则中长大，所以我们没有开创的勇气；因为在严教中长大，所以我们缺乏必要的信心。我们总是在关键时刻逃之夭夭，哪怕只有一丝风险，我们也会放弃。我们总在为自己选择安全稳妥的退路，甚至不惜放弃最本质的需要。所以，我们活着，活着，就活到了理想之外。

尽管在内心深处希望每朵花都尽情开放，但我们却选择了羞答答地开。我们很少直接表达自己的思想，我们只借助别人的歌、别人的文章或写别人的文章来婉转地表达自己。我们看着彼此，互相充满了怜惜，因为只有我们，才能了解各自心绪上的闪躲。

偶尔，我们也会思考那个最核心的问题：此生要得到的到底是什么？可是，我们没有自己的答案。在年幼无知的时候，就希望有人告诉我们，哪个是芝麻，哪个是西瓜，可是直到现在，我们依然分不清孰轻孰重，散漫的、听凭自然的天性，使我们在重重的爱中，放弃和迷失了自己。

我们已经习惯并开始喜欢这种宁静的生活，尽管一半是逃避，但另一半，却是实实在在的珍惜。

两点间直线最短

王该是我们这群人中最有出息的一个了，她沿着做学问的路，一路艰辛却基本顺畅地走了下去，也许是因为两点间直线最短吧，她在我的同学中最早地成为了成功者——在北京中科院读博。也许，有一天，她会成为一个科学家，那是我们很多人小时候众多的理想之一。

她长得矮矮胖胖的，戴着一副圆圆的眼镜，从小学一年级开始，就是老师眼中的好学生。她大学学的是生物，但她不喜欢小动物，不喜欢研究生命的奥秘，她几乎不喜欢一切，她只是喜欢学习。大学毕业那年，她第一次考研失败，她毫不犹豫地进行第二次。获得硕士学位后，她又开始读博。学校是她的避风港，只有在那里才能显出她的优秀。学习、学习、再学习是她进行自我拯救和提升的唯一方式。

去年夏天，在小镇的街上见到她，最醒目的就是眼镜后面那双无神的眼睛。女孩的年华是需要装扮的啊，而她，却把美都给压抑了。她的面容是灰暗和苍老的，她的装束是普通和不得体的。她说："唉！没办法的事。"为什么呢？她应该是骄傲和神采飞扬的呀！是因为不敢面对社会，她才一直躲在学校这个象牙塔里吗？

我的语文老师说过，没有与社会融和的文化是幼稚的文化，我不知道学术是不是也和文化一样，需要社会的积淀。我只知道，从事科学研究的人，首先应该是热爱生活、热爱科学的人。

金字塔的斜坡

我是在办公室的走廊上遇到魏的，那时，我们已经九年没见过面，这九年中的六年我们没有一点联系，他也许来过我住的小镇，我也曾无数次地去过他的城市，但我们都没见过彼此。九年，我们由很孩子气到有了几分不太地道的成熟，他说，长高了，永远是一副兄长样。

我还记得他刚转到我们班时，几乎敌视班上所有的人，他把父母因他早恋让他留级的不满与自己不喜欢留级生的感觉叠加起来，作用在我们班的同学身上。对我，却是例外，那是因为我们两家很有渊源，我们两个的父亲毕业于同一个城市的同一所大学，又从那个城市一同来到内蒙古的玲珑小镇。所以两家关系厚密，他总是摆出哥哥的样子，一直很照顾我。他那时对我说得最多的话是"好好学习"，我那时正陷在红楼、庄子、弘一大师的迷阵中，整天想的都是虚幻得不能再虚幻的事。他有一次说我："弄得整个人没有一点人气。"他坐在我的后边，就用钢笔把我捅回人世中来，对我说："好好学习。"

他的小女朋友，是他原来班级的一个女孩，那个女孩被人们叫一个很好听的名字，黄发带，他就被她紧紧缠绕着。在他全家都搬到市里后，那女孩就和他分了手。那时，他经常痛苦得不能自拔，写了上百首的爱情诗。所以，在我的记忆中，魏是一个天性非常浪漫的人。而现在，我面前的他，却有一张很冷漠的脸。他现在市里一个局做秘书，这次有个全市的会议在我们这个小镇开，所以他才会出现在我们办公室的走廊上。

对于他的职业，我是了解的。因为我的单位就有这样一个优势的群体。他们的工作几乎可以混为一体，但他们的命运各异。他们对待自己的事业，就像对待水晶摆件一样地小心。他们时而谨小慎微，时而八面玲珑，时而失魂落魄，时而青春飞扬，他们有让人捉摸不透的特质，有太多的复杂性，这是从政对他们的要求。他们一天工作二十五个小时也不知疲倦，他们在金字塔的斜坡上拼命跋涉，升迁起落是他们命运的主宰。每一次大的升迁变动来临时，整栋办公楼就会在悬念中变得寂静，许多工作都放慢了节奏，楼梯上偶尔的脚步声清晰可闻。但在寂静中，却依然能够感到剑拔弩张。

所以，我能了解，他的浪漫是怎样变得冷漠，他青春的面孔是怎样在费心挣扎中变得衰老，他定格在我办公室地面水磨石方格上的目光是怎样的复杂，我不知道该对他说什么，我只希望他能一直成功，否则，这么多年的隐忍和艰辛要拿什么来补偿。

　　后记：高中毕业时的选择决定着我们今天各异的生活。不论我们中是选择了参天的白杨，还是选择了低矮的灌丛，或只是仍在地上忙碌觅食、偶然向高处仰望的，我们都有了太多的压力和问题，好像对事业、对婚姻都失去了把握的能力。面对三十岁，我们有的是兵临城下的恐慌，是往事如烟的迷惘，我们曾面临过很多的机会和选择，但我们错失的永远比得到的多。就像那首古老的蒙古族民歌唱的："美丽的草原是我们的，肥壮的羊群是我们的，珍珠玛瑙是我们的，美丽的姑娘是别人的。"不论我们拥有的多或少，我们总会发现，我们最在乎的正好是我们所没有的。在太多的时间里，我们拥有着随大流的快乐，可是在某个深夜突然惊醒的一刹那，我感到痛苦以排山倒海之势向我袭来：十年后，当我们四十岁的时候，我们真的能不惑吗？还是，我们已经失去了思考的能力？

繁华，不过是一掬细沙

公元一二七五年，马可·波罗怀着惊奇感，来到元大都——现在的北京。七百多年后，我周围的一些人也充满期待地漂移到北京。他们不是马可·波罗式的旅行者，北京对他们来说也不是东方的神秘，而成了梦想的代名词。

这些人，我和他们的生活有着天壤之别，我并不能深层次地去体会他们，只能用感知到的表面去述说，去平静地表达出我所看到和想到的。

伤花怒放

徐钢是我们高中毕业时在级生中唯一一个考取本科的人，那时大学的含金量是很高的。

徐钢大学学的是金矿开采。毕业时，分配到了一个离家有几百里的偏远金矿。虽说专业对口，可那是个管理有很多问题的企业，那里的黑暗和混乱使徐刚毕业时的壮志渐渐变得消沉。他是块金子，却不能闪光。幸运的是，徐钢在那里得到了爱情，一个美丽淳朴的当地女子，是他灰暗生活的亮色。

在这样的单位待久了，就会沉闷。徐钢有时会想从这种生活中突破点什么。从沉闷到犹豫，两年过去了，徐钢的女儿也快两岁了，这又成了新的阻力，看着孩子天地初开的小脸，他犹豫又犹豫。

如果命运就此停留，徐钢也许会时而烦躁不安，时而知足常乐，碌碌无为地一直过下去。可徐钢的单位却在沉闷中走向了破产，仿佛是一夜之间，他就开始面临下岗的命运了。

他决定把女儿放在妈妈家，和妻子一起去北京。

来京前，他们带了一些积蓄，做好了各种思想准备，可在北京的"难"依旧超出了他们的想象。

他们辗转在北京的大小角落，从二环到四环，从东城到西城，在人群、车群、楼群中奔赴一个又一个的公司。他清晰地记得在北京的第一天、第一顿饭、租的第一个房子，后面的就都忙得模糊了，也没太多的感受去体会了。甚至记不清半年内是搬了九次家，还是十次家。

三十岁的人了，在北京一无所有，重新开始，困难可想而知。但徐钢相信，当人在谷底的时候，只要坚定地抬脚走，就会走向高处。好在，他在金矿工作时和那些平凡的矿工成了朋友，这使他在"北漂"的生活中更容易满足，而有了感恩的心态。他总是轻易地忘掉受的苦，却记着别人一点一滴的好，这让他的工作和生活都渐渐变得顺利起来。

他终于谋到了一份设计图纸的工作。一张接一张的图纸，像不会停下来的流程，虽然辛苦，但是他干得很舒心，因为那些图纸里包含着他的青春和能量。每天傍晚，拖着疲惫的身子从公司回到十平方的蜗居，能吃到老婆做的可口的饭菜，是他最大的幸福。

只是，他们现在还依然过着不断盘算着房租费、饭费、车费、电话费的日子，还没有太多的能力去考虑未来。他希望能用自己现在受的苦，去换一个好一点的未来，至少能让家人过得比现在好。

我想起了《金蔷薇》的故事，想起沙梅为了使苏珊娜得到可以带来幸福的金蔷薇，每一天把从手工艺作坊扫出来的尘土收在一起，因为在这种尘土里有一些首饰匠工作时锉掉的少许金屑。沙梅把这些金屑筛出来，铸成一块小金锭，又用金锭子打成了一朵小小的金蔷薇。

其实，每一个忙碌而琐碎的日子，每一个生活的瞬间，都是生活中的无数细沙，是金粉的微粒。我知道总有一天，徐钢也会把生活的金色碎片镕铸成给家人和自己带来幸运的金蔷薇。那浸透着他所有辛苦和痛的花，那汇集着伤痕、伤痛的花，一定绽放得很美丽。

今年春节，徐钢回来过年。同学们聚到一起，我看到徐钢依旧是大大的会忽闪的眼睛，大大的会思考的脑壳和一点淡淡的书呆子气。上学时，他在思考问题的时候总是习惯用手指绕着一撮头发，所以，好多时候，他的头上都会有很多竖起的"小辫"。一场酒下来，徐钢的头上又竖起了很多"小辫"，只是不知道这依然丛生的"小辫"里，是怎样的人生思考了。

燕子飞时

燕是徐钢的老婆，是一个没读过多少书的温柔漂亮女人。丈夫和孩子，是她生命的主题。

她从未想过，有一天要去北京，可徐钢选择了北京，她也就义无反顾地跟了去。因为他不会照顾自己，因为他喜欢吃她烧的菜。

　　她不觉得北京有什么好，她很想留在婆婆家的孩子，她感到了高楼带来的压抑。可她的丈夫说北京能实现一些理想，她也就觉得北京好了。甚至，这个简单的女人有着一个简单的愿望，要把女儿接到北京上学，要让她的外孙成为真正的北京人。

　　她看出了徐钢的辛苦，却又帮不上他，只能自己也一样地辛苦。她打着几处零工，去饭店洗碗，去制衣厂缝衣服，能找得到的活，能不拒绝她的活，不论轻重，不论价钱，她几乎都接过来。她也不知道自己哪来那么大的力气，她不觉得累。她纤细光洁的手，天天泡在洗碗盆里，早早就变得粗糙了。她天天替人缝漂亮衣服，自己却还是离开家乡时穿的那一身。一个为生存忙碌的女人，哪里顾得上爱惜美丽呢。

　　是不是巧合呢，她的名字竟叫燕。

　　有一种紫燕，每年春天都要从大洋彼岸飞到此岸的丛林和沼泽地产卵孵雏。到深秋时，所有的小燕子都学会了飞翔，但只有它们的母亲知道，自己雏燕的飞行能力只有大洋横宽的一半，而这一段洋面没有一座小岛，没有一处可以歇脚的地方。

　　而做了母亲的紫燕在孵育一季后所剩的体力也仅仅只够抵达彼岸，再无余力去帮助雏燕。可如果把雏燕继续留在丛林和沼泽地里，它们就会被寒潮冻僵。

　　所以，当紫燕群开始飞渡洋面的远征时，每一只紫燕妈妈的背上都匍匐着一只雏燕。老燕驮着小燕强行起飞，负载着接近自己体重的分量横渡大洋。背上的雏燕消耗了母亲本来可以继续飞完另一半路程的气力。

当横渡大洋剩下雏燕们所能胜任的一半路程时，千百只雏燕从母亲的背上飞起来，"而同样数量的老燕们由于耗尽了体力却先后坠入海中，歪歪斜斜地栽进温柔的水里"。

燕子飞时，就是母爱和生命的传递。燕子飞时，就是母爱在困难的境遇里耀亮出的辉光。

燕虽没读多少书，但这个道理燕最懂。她每天拼尽全部的力气，也只是为了她的孩子过得好。她的脑海里总浮现着刚上小学一年级的女儿，背着沉沉的大书包，坐在奶奶的自行车后架上，而步履蹒跚的婆婆挤在匆匆来去的人流中接送孙女上学。想到这些，燕就更加努力地工作。她努力着，她不知道，要到哪一辈，他乡才能变成故乡。

与书俱老

蒙古族散文家冯秋子也住在北京，她刚到北京的日子也很艰苦，甚至在一篇文章中说："我慢慢明白艰难跟我们一生是什么样的关系了。"我很喜欢她的一段话："蒙古人心灵自由，不愿意被具体事情缠住，他们活着就像是一只沉重的船，可是他们不觉得沉重，他们唱着歌，四处飘游……蒙古人的家在每一个他想去的地方，一旦去到那里，又想回家。他们永远从老家瞭望远方，在远方思念家乡。"

简枫就是这样一个蒙古族女孩。

七年前，她曾跑到敦煌去住了一个月，她说那是最接近艺术的地方。如果可能，她想在那儿住一辈子。六年前，她跑到了北京，她说在那里最能实现梦想。可现在，她却突然决定回来了。

我对北京的了解，很多缘于她。

她说，故宫展示出古老的威严，前门述说着岁月的沧桑；在王府井，可以感受现代的绚动，在中关村，可以畅游数字的空间；可以欣赏上千元一次的演出，也可以花十元听到大师级的讲座；可以在顺丰吃饭一掷千金，也可以在簋街的大排档喝几元一瓶的二锅头。

她说，在北京可以找到一些你原来找不到的东西，比如一些旧书和碟，也有机会和梦想。在三里屯，汇聚了来自四面八方的自由寻找者，寻找着连他们自己一时都不能明白的真理或信仰。在北影厂门前，每天清晨，都有几百个"北漂人"在等待着成为赵薇，却常常是做一名一天二十元的群众演员都不能每天保证，一些人连简陋的地下室、农民房也租不起，但她们美丽的眼睛里充满了对未来的期望。

在北京，任何一个个体无论是辉煌还是平淡，都会被北京的大所湮没。北京是一个让人找到真实的地方。繁华是一种真实，凄凉也是一种真实。

简枫初到北京的日子也很凄凉，但她是天性乐观的人。她说，歌手孙楠刚来北京时也租住地下室，孙楠自己做饭时想，一次把米洗完了多方便啊，他就把二十斤米一次全洗了，除了做了一锅饭，剩下的全发霉了。别人也许会觉得可笑，但简枫却觉得，只有对梦想执着，全身心投入的人才会做出这样的事情来，只有在那种几近疯狂的状态下，才会有好的东西。

简枫工作起来也是几近疯狂的。她在一家文化公司工作，给书画封面、插图，做广告策划，也写稿子。她会为工作兴奋得彻夜难眠，在半夜时分为一个突然闪现的灵感而高兴得手舞足蹈。曾有一次，电脑因系统错误，硬盘里的资料全部丢失了。离交文案还有一个星期，简枫几乎是拼命了。当几万字的文稿和相关的图片交上去后，简枫却怎么也睡不着，那之后她患上了失眠症。

失眠了，她也不急。老北京人说："穷忍着，富耐着，睡不着眯着。"有很多北漂人，被理想折磨得失眠，即使有的人成功了，他们又希望能突破自己的现状。简枫却眯着眯着就治好了失眠。

那之后，简枫的艺术感觉非常好，而且越做越顺。并在她的领域混得小有名气，处于"接近名人"的状态。她说，运气也就光顾那么三四年，我不能和它擦肩而过。

现在，简枫却突然决定回来了，在状态最好的时候，在离成功只有一步之遥的时候。面对我的迷惑，她只简单地回答：再过一个月，房子就到期了，一个月刚好可以用来结束。

走的前两天，她才告诉在北京的朋友。那一晚，她和几个朋友聚在酒吧。从酒吧回来后，她发了封 e-mail 给我：

童话，再过两天就可以见到你了。

我刚从酒吧回来，和几个朋友。心中也不免有些感伤。六年多了，最值得珍惜、最不舍的就是这几位朋友了。一件事做成功需要很多因素，每个人都有最适合自己的做法。但有一点是相同的，一个人的成功是背后太多人帮你撑起来的。我虽然不是成功者，但在最困难的时候，是这些人帮我撑过来的。

你曾问我为什么在这时候离开，我也反复地问过自己。有人对我说过，凡事只要你能静下心来坚持七年，定会有所收获。我来京已经六年多了，如果这时候不回去，可能就难回去了。

刚才在酒吧，听一个歌手唱歌，有一首原创的歌，很好。可以说比起很多专业人士来说，一点也不差，甚至超出很多人。对于他们来说，水准已经不是最重要的了，重要的是运气了。回来时，在车上听130.9MH，说起在北京搞音乐的"北漂"有十万人，分很多种类，包括创作、演唱、表演等等；按照这个数字来衡量，在北京和文化艺术有关系的"北漂"，应该不下百万了。漂泊的生存似乎已经成为一种期待的神秘。那个每一次在地铁站口遇到的，怀抱着一把吉他，弹出一支忧郁乐曲的北漂人，他可能为下个月的房租发愁，却每一天都豪情万丈地活着。

北京，我曾如此走近这个城市，看见了里面的生活。饮食男女在之中四季轮回，万家灯火在之中明明灭灭，我的来和去，惹不起它的一丝尘埃。

发一组图给你，那些图曾告诉我，繁华之后，我们还是要独自地走在路上。

对灯长坐一夜，明早就走了。漂泊的人，讲的都是一个随缘。该散时，也就散了。人散后，一钩淡月天如水。

　　　　　　　　　　　简枫写于离开北京前

我点击开她给的网址，是一组照片，标题是《繁华，不过是一掬细沙》，图片中，是两个制作沙画的僧侣，他们历时两个月，用七彩的细沙，制作出了一幅精美繁华的佛教图画。在图画完成的那一刻，他们又把细沙收起，由他们精心创造的辉煌在瞬间化为乌有。两个僧侣走到河边，把彩沙倒入河水中，细沙融入河水，静静流走。那波澜不起的宁静，才是生活的主流。一切的辉煌只不过是过眼烟云。

其实这个道理许多人都懂，只是很难去把握。人很难有勇气让自己处于归零的位置。简枫却是个智慧的人。我想起电影《甜蜜蜜》中，在片头和片尾，出现的是同一列火车，相同的起点和终点，终点涵盖了起点所没有的积淀和过程。

来时简单的行囊，走时也不要背负太多。简枫只带走了最喜欢的一些书。王小波说："人生是一条寂寞的路，要有一本有趣的书来消磨旅途。"

从此，与书俱老。

负暄的花

负　暄

"负暄"是晒太阳的意思，是网络上一个普通的论坛。

论坛里的人都喜欢植物，热爱生活，有善良温暖的心。修竹是野生植物爱好者，他拍下的花草是大自然里生长的，枝叶间充满了阳光的味道。斟寻是种花种草的专家，她主持的"花艺时间"，随时回答着网友们养花过程中出现的问题，使"负暄"四季都有花朵绽放。念梓种下的花草收集在"《草木传》新版"里，散淡朴素的文字为植物赋予了故事和灵性，读到他的《沉香树》时，觉得最接近他的文字，不喧嚣不浮华，沉积于灵魂深处的香慢慢四溢，花草在他笔下是沉静的。萱涅是爱花爱草的彼得潘，有着童话里的梦想：如果可以的话，永远都不要长大。阳光，就像他的名字，是一种默默的温暖。在那里，我叫童话。

负暄的版主是菡萏，自称"花婆婆"。不仅在网络上，生活中她也有一个小小的花园。从她的文字中，能探知她身患重症，她乐观地把输液称为"泡水吧"：这几天都在泡水吧，看着水滴一点点调整着它的流量。超过一点，呼吸、心跳都会改变。只是一点点，一个微量却决定呼吸、命运。生命很轻？在生命的轻重之间，她努力呵护着园中的花草，从未见过比她更执着种花的人，是否"不为无益之事，安能悦有涯之生"？一本《花镜》翻过几遍，却说参不透。其实她是比常人多几分清醒和了悟的。

走进负暄，就像走进一片森林，图片清新明朗，可以闻到树木和花草的清香。森林的深处，是一片花田，开满了浅蓝、淡紫、嫩粉、金色的花朵。透明的阳光柔和地照进来，绿茸茸的草地上，贴着一些安静清澈的文字和给大人看的童话。

阳光暖暖，时光缓缓，负暄一直是一个童话般明亮的乐园。

蓝莲花，生命里的阳光

论坛里的人在网络上不期而遇，许多帖子上的植物都是第一次看到，有初见的惊喜。菡萏说，出门见到的第一棵树、第一棵小草都是你缘定的朋友，请弯下腰与她做朋友。

其实，无论与菡萏，还是论坛的其他人，我们从未探及彼此的故事。在网络上，我们也没说过几句话，分享的只是一本书、一个好曲子、一种声音、一些随手写下的简单词句。彼此不相扰，彼此珍惜相逢的温暖，习惯了阳光每天升起，习惯了植物的清新、童话的清澈，直至变成时光的一部分，变成生命的一部分。所以在以后发生的事情中，知道了生命的无常。

那年冬天，菡萏做好了去瑞士的准备，她想要个孩子，只有瑞士的一家医院可以帮助她，但不能做完全的保证。可他们夫妻依然做通了双方父母的工作。在要启程去异国的时候，菡萏病倒了，重新躺回医院里。

菡萏已习惯生命中的风云变幻。却没料到，论坛里，一向健康的阳光突然患了癌症。

确诊的下午，是个晴好的冬日。忙忙碌碌的生活被迫停下来，阳光一个人驾车到郊外，车停在空旷的路边，人望着遥远的天空，像个无助的孩子。天边云霞，灿然成锦，变幻出各种色彩，充满生命的迷惑。

回家的路很漫长，他的车速很慢，家在慢慢靠近，家里有幼小的儿子、年轻的妻子和年老的母亲。走上最熟悉的那条路，交通指示灯红绿交替，车辆和人流迎面交错，不同的方向，不同的承载，所有的路，都只有走下去才知道。

原本很少写字的菡萏，在负暄开了一个新帖"等待春暖花开"祝福阳光，她的文字充满了力量：虽然说春天迟了，或是今年没有春天，但万木依然按自己的节律生长着。不可以放弃，不能放弃。自我放弃，衰败紧跟其后。

菡萏从病床上坚持每天写一段话给阳光，她说，世间永恒的只有爱，有爱便能无怨无悔。一直念着如果能回到从前，一定好好地走来。现实没有"如果"，只有当下。当下只想好好的，好好爱每一个人。只要还有明天，我多想看到你那依旧灿烂的笑容！

阳光不再沉默，他说，因为日子难挨，所以更容易回想那些曾经的快乐。他说，在最难最难的时候，在被化疗折磨得都想放弃的时候，他在想，所有的苦都由他来担吧，只要他的亲人和朋友从此不再受苦。他说，两个完全陌生的人这样彼此信任，还有什么理由怀疑上天的恩赐。

他们相遇在生机盎然的负暄，他们希望生命能继续，因为尘世里太多挂牵。那个寒冬，两个弱弱的生命，隔着网络萍水相逢却彼此相依。

我在菡萏祝福阳光的帖子里贴上了蓝莲花，一朵被阳光照耀的蓝莲花。温暖的阳光中，蓝莲花负暄绽放。它是小小的浅浅的蓝色的花，安静无尘，是古埃及人长寿及生命的象征。

报春花，春天的钥匙

一天一天的日子，日出月落，那么短又那么长。他们一次次陷进谷底，一次次苦熬上来，从很多次昏迷中苏醒。

我常临窗独立，看着天边灿灿燃烧的晚霞，心似惊涛骇浪，真想学阮籍对着云天山风尽情一啸，却只能化作无声的叹息。人生就是这样时而惊雷，时而彩霞吧。渐渐暗下来的夜空里闪烁出天上的银河，星光如乐叮当，时光如水轰响，令我敬畏，令我沉默。

在时间的河流上，驶过来的是英国皇家船舶博物馆里收藏的一条船，这条船自从下水后，一百三十八次遭遇冰山，一百一十六次触礁、二十七次被风暴折断桅杆，十三次起火，但它却一直都没有沉没。这一组数字，多么像生命中充满的无穷的变数。时光顺流而下，生活逆水行舟，希望是隐约的光芒。

我渐渐体会了"时间"这两个字的重量。时间，时间，生命般的时间！很多人在世间走一回最多不会超过三万个夜，用这个量级来想，唯有珍惜。我开始看《少年小树之歌》，菡萏推荐给阳光看的书：印第安男孩小树在山间奔驰的时光里，学会了与大自然最淳朴的相处，拥有了看待生命的平常心。我读懂了菡萏和阳光对生命的努力和坦然，他们希望生命的小树向着阳光生长，二年，三年，四年，更久……

负暄越来越安静了。打开以前的帖子，曾经的花草依旧在网页间绽放，我看到了报春花的传说：在很久以前的德国乡下，一位善良的少女为久病不愈的母亲到原野采报春花，回来的路上遇到了花精灵。花精灵对她说："沿着开满报春花的路一直走，会有一个城堡。用报春花插进门的钥匙孔，城门就可以打开。"女孩打开了城堡，把花精灵送给她的宝物拿给母亲，母亲的脸颊渐渐红润，病也好了。

第一次看到报春花，是在修竹的帖上，粉紫色的花，简单的花瓣，却是从未遇到的灿烂。念梓也跟着凑热闹，贴了一篇报春花的文："今天天气一反常态的好，没有雾，阳光也早早地穿过云层放射出来，充盈在天地间。家里阳台上那盆粉紫的报春花就在这阳光里开得正好，让人不自觉地就得着些向上的鼓舞与喜悦。"

紫薇，微笑着开放

汶川地震后，菡萏在病床上发出了二〇〇八年的第一个帖子"负暄在四川的姐妹兄弟人人平安"。久在病榻上的阳光，被种种折磨得苦，三年多了，他发来了最积极的短信，他曾是位军人，他说："第一个挺进汶川的部队，是我们的部队，我今天证实了，感到自豪。"

因为健康原因不得不停下的时候，还可以在治疗中慢慢平静和面对。可是，天灾是更强悍不可违。没有预兆，没有通知，没有一个缓冲的时间，来不及有一个逢凶化吉的期待，生命的指针在时间的轮盘里摇晃，只几分钟就失去了原来的家园，失去了数万人的生命。那些浓烈的痛，需要多少光阴才能稀释？

那三天，报纸是黑的，网络是黑的。我在电视上看到，一个刚失去母亲的顽皮小子，认真地养着一只刚出生的小猫，许多人要他放弃，他说，它也是一条生命。一条命啊！却有人不珍惜。一位朋友的博客，停在过去的一个时间里，那里留着她干净的文字，二〇〇七年一个湛蓝的日子，她自杀了。如果能坚持到二〇〇八年的五月，她一定会再试试活下去。

萱涅在青川县。七月初，她拍下了废墟上的紫薇花发在负暄。

紫薇花，开在地震帐篷的附近；开在断裂的墙、残破的瓦旁边；开在地震后、余震中。在阳光下，绿叶青枝间华美明丽、色艳穗繁。草木是有灵性的，在一如平常的夏日，在到处响着离歌的川北，紫薇努力地开出灿然，开出生机勃勃，温柔而繁盛。

以后的日子，萱涅拍下了我们先前忽略的蔬菜谷物。

茄子在田间发出紫色的光泽，又由年轻的母亲拌着从乡下捎来的自制的豆瓣酱炒了家常茄子，再格外珍惜地，看着震前挑食的孩子欢天喜地地吃下去。还有玉米，因为地震，堰渠垮了，放不上水，栽不了秧子，坝子里昔日种水稻的田里全都改种了玉米。那些种在田里的玉米叶子绿绿的，秆儿挺挺的，玉米苞壮壮的。

萱涅，一个不愿意长大的童话孩子，经历了地震后，在一切都要重新开始的生活中，在艰难前行的生命里，依然爱着这些花草谷蔬。每一个细小的生命，都是彼此的支撑。

"为了看看阳光，我们来到世上。"负暄的花朵，虔诚地开出对生命的尊重和对健康平安的渴望。聆听这祈祷的声音，在不荒的家园，在纯洁的心底，等到阳光照临。

一花一世界

世上的花不计其数，特别属于你的就一两种。我不是一个会养花的人，从别处移栽的一棵冬青，默默无言地望了我一星期，就以它的枯萎宣告我的无能。

但在几天后，在这片土地上，又有一个小小的生命来与我相逢了。当她从土中探出头来，一派纯真地打量这个世界时，我们就是不知姓名的朋友了。她是冬青的转世轮回？还是幸运的青鸟衔来的种子？我觉得她的每一根茎脉都是有渊源、有来处的。

她的样子很纤细，是草，看过她的人都这样告诉我。她却比佛祖更超然物外，只把生命的根须真实地伸进泥土，在大自然的恩惠里，坦荡且实在地成长。她的叶子开始变宽变绿，一片片长出来，使办公室不似荒漠般冷漠了。我们常常对视着，互通彼此无言的知遇，在我和她之间，传递着一种不要渲染只要体味的情感。没有人说她会开花。我却从叶脉中读出了她的隐衷，她在努力！因为落花的悲凉，我素不喜花开。可现在，我在心底为她深深祝福了，她会开的！我告诉她，她告诉我，我们立下了无声的契约。

不久，她挺拔清朗的叶茎中就抽出直直的梗来，像要与我握手。在那梗上，有几个可爱的小东西，那是花苞呀！我真想拍她的肩呢。就在一个下午，阳光把她拥住的时候，我清楚地看到她如梦中云霞，幽幽地吐蕊绽放了。她像百合，不含纤尘；花芯是纯白的，渐蓝渐紫向外延展。在我的窗前，是模糊又熟识的花香，清而不淡，充满我心。待到夕阳沉落时，她就把芯藏在花瓣里，不再启开，真是"去似朝云无觅处"吗？我多么希望她多陪我一会儿。可我突然懂她了，她向往阳光，不愿意看到黑暗，生于浮世，却能永葆清雅。花有花的道理呀！她虽静默，却能用种种方式，让另外的生命了解她，她那小小的心中凝结了多少故事呀！在这一刻，我竟对她心怀感激了。

　　天下生命原是一家，花的感觉是否和我一样云水悠悠。

一片冰心

　　下了班急急忙忙赶向邮局，写了信就想让它以最快的速度抵达朋友手中。邮局也忙着打烊。一个绿色的声音对我扔过去的十元"大票"摇头又摆手地说："找不开，下班了，明天吧。"

　　我正琢磨着要不要用这十元钱买上一大堆邮票，一个声音在我身边响起："你邮一封信，你用一张邮票？"得到我肯定的回答后，一只纤纤的手就把一枚漂亮的邮票递过来，"你用吧！"她说。她一定不喜欢我对她说谢谢之类的话，微笑便绽成我们最友爱的语言。忙忙的，却记住了她的甜甜笑。

　　在写给朋友下封信时，把邮票的故事讲给了她，请她一定把这个邮票给我寄回。几天后，作了一趟旅行的邮票又回到我面前，在邮票上那漂亮的书法背景下，一个灵光的明代三足圆壶向我展示着它清悠的美丽。朋友的信上说："这世界总是让我感动。"那一刻，我忽然想起很多一直沉在心底的事，想起很多蓦然感动的瞬间……

　　有一次，加班后走过黑黑的楼梯来到家门口，钥匙却怎么也插不进锁孔里，钥匙的哗哗声在静静的楼道里持久地响着，这时邻居的灯突然间亮起来，在我打开门的那一刻又关上；有一次，在异地的书店，看到一本我渴望已久的书，在伸出手的时候，后面竟有人比我出手还快，整个书店里只有那一本，我只好一脸失望地走出书店，这时，那人却从后面追上来，不容分说地把书送给了我；有一次，面对多少有些艰涩的处境，忽然有人说了一句善意公道的话；有一次，也是在邮局，一位很老很老的老大爷在那儿认认真真地挑选贺年卡，带着一颗很年轻的心；有一次……

想着这些，忍不住竟要卷袖煮茶，然后在想象中把邮票上的圆壶注满，在四溢的清香中，用亮亮暖暖的心情写下满纸的感激。

似水流年

那几年的冬天，我总在大雪飘扬的时候给湖写信。湖那时在桂林念大学，只在每年的夏天回来，湖的冬天没有真正的雪，她喜欢雪的那种圣洁的覆盖。湖在一封信的末端不经意地写着：这个冬天，我与不同的人讲述过两次汪洋湖的故事。

那个故事开始于透明如水的年龄，十六岁。那时，我们三个女孩子把各自的姓联接起来，又分别给它们赋予了水的韵致，于是就有了汪（王）洋（杨）湖（胡）。草原上的孩子，最向往的就是大海了。我们准备用这个名字写一个关于海的长篇。想象中的大海使我们灵感四溢。

只是那故事始终没落实到纸上，她在我们的想象中永恒地美丽着，超过了日后我们写出的任何一个。

从幻想中走过来，我们就了无痕迹地长大了。我们注定属于不同的水域。那天，我们来到小镇唯一的河，河的名字叫西拉木伦，我们叠起童年的纸船，玩一种"放希望"的游戏，我们静静地看着自己的船在水中漂来漂去。那以后，湖去了桂林，汪去了市里，只有我留在了镇上，我轻易地放掉了大学，没做任何努力。

几年以后，我才深深地感到，我也本可以是别样的命运。

"认识你自己，并做自己的事"，睿智的柏拉图给了我最初的昭示。我开始用笔注释生命的轨迹，我希望那些文字美出古雅清灵的味道。我为得到一份稳定的收入努力工作。时间是只神秘的水鸟，日子一天天流走的时候，我感到了岁月对我的改变。我因一些浮浅的干扰忘却自己，我混迹于成人的世界，那里多的是伪饰和淡漠，我感到生命的磨损和时间的空耗。我的船搁浅在小小的空间，外面的世界遥不可及。湖用长长的信拯救我，湖说，其实，你一直没有变，你还是那个执着地追求美丽的小女孩。湖说，不管我们的航线多么的不同，水的渊源已注定我们都有清澈美丽的命运。

这时候，汪回到了镇上。汪说，生活应该是简简单单的阳光。于是，汪结婚生子开始平平实实的幸福。汪在生活中体验生活的智慧，汪对以前并不在意的事负责，汪以过来人的身份教导我们，她的日子过得顺畅。与汪闲闲地对坐时，我们就在汪的灵慧可爱的女儿的奶声奶气中谈起湖，我们不约而同地想起从前的事，想起雪地上的足迹，想起从前的笑声，那时我们真是快乐的小人鱼。

湖已临近毕业，湖要去西藏，她说那里的雪至纯至莹，那里的湖很深很美。那段时间，湖的信总是些国家前途人类命运的大事，那些辉煌又沉重的话题往返于桂林和小镇之间。在写那些信的时候，我忽然也想做个有远大理想和坚强意志的人。

最后的最后，湖接受了亲人的安排去了北京。湖在那里一遍遍地听着《遥远的城镇遥远的人》，湖说，勇气和精神所至就能抵达吗？

大大的问号里，是我们共同感知的忧伤。湖的信越来越简短，渐渐的，竟彼此没了音信，我们知道了什么是那种真正意义上的朋友间的淡如清茶。

在这个冬季最后的日子，湖回家过年。湖说，我终于又走在了没有草原的内蒙大街上。她的声音在曲曲弯弯长满故事的小路上流淌，许多往事在我们心里穿行，海的故事切近又遥远，我们都感到了某种缺失，我们想拾回被我们随意丢开的那些美丽的东西。湖说，他好吗？

我说，他说总有一天会领我去看看真正的大海。

苏莉在二〇一五年的样子

作家苏莉到呼和浩特开创作会，买了新衣服，烫了头发，一下年轻很多，变成了传说中作家的样子。

她正在创作散文集《万物的样子》，开会时她一点点讲她已创作完成的《年的样子》《火的样子》《面粉的样子》《照相馆的样子》。家长里短的样子，万事万物的样子都跑到她的笔端，活色生香。她讲话的时候，投入在她的作品里，谈到在去交取暖费排队的时候构思了《火的样子》，在厨房里做面条馒头和各式糕饼的时候发现了《面粉的样子》，在好不容易买到火车票一家人要去婆家过年的前一天夜里赶写出《年的样子》。她讲这些的时候环佩叮咚，妙语如花。一点也不像生活中穿着肥大的衣服骑着自行车送孩子上学的时候，也不像焦急地在医院各科室之间寻医找药等待病理报告的病人家属，也不像遍寻偏方、亲自给爱人磨药粉、给他做艾灸时充满了幻想的巫婆的样子。

不是她原来的样子。

我第一次读她的作品是一九九四年，二十年了。那时的她是一个写着奇异文字的二十岁的女子，在那篇《早春记事》里，我读到了北方的早春。一觉醒来，随着她酗酒的父亲的一声哈欠，然后一句："时候到了"，窗户上的冰花就没有了，旧屋的墙上闪烁出第一道天光，江开了，万物开始生长。春光就这样在纷乱的日常中准时抵达。散文集《旧屋》里的童年世界在她的笔下暖乎乎、春融融的。

在她另一本散文集《天使降临的夏天》里，她初为人母，顺从了生命的本相，开始了烟熏火燎的生活。她不嫌家事琐屑操劳，"不觉得那么悲凉，反而却有种莫名的快乐"。她说："人恐怕需要安于命运，安于年龄带来的一切变化并且应该欣然地去接受它。"而于读者，生命的苍凉无人抵达，那些文字轻触过去，人间凡俗的尘烟蓦地燃起了小小的火焰。

这几年她像是两个孩子的母亲，上小学的女儿和生病的爱人都离不开她。在生活中像女战士一样，有时忙乱得丢盔卸甲。一点也没有常人想象的女作家的样子。

为了开会时体面些，她戴的那个项链也是新买的，有点长，她就把它变成两件，一条项链一条手链，她满意地说："花了一个的钱。"又说："加了个坠儿才一百五，显得可贵了呢是不？"

一位朋友来看她，给她买了一束鲜花。

有人送花，不用做饭和刷碗，和挚友一起细细地吃顿饭，长长地聊天，聊她热爱的可是在日常中时常要被迫退居角落的文学，这才像个作家吧。到了晚上，她却睡不着，惦念着家。说自己真的贱哪，不干活还睡不踏实了。

那束花那么珍贵，她不能长途带回去又舍不得送别人，要我在会议结束后把花拿回家，她知道我每天也是柴米油盐的。她回到家一手提着拖布一手拿着手机在微信里问我："花拿回家了吗？"

她的一分钟像一朵花一样，要分成几瓣的。在开会的间隙，她应一家杂志的邀请做了"名家推荐"栏目，又和出版社谈了另一部书的出版。

两天的会议，晚上六点闭幕，她订了下午的火车票。她收拾好回家的行李，把来时在火车上吃的剩面包装进包里，她说这面包是她的朋友特意烤了给她送到火车上的，这几年她活在很多人的情谊里。作家苏莉一样一样地，把环佩从手腕上、颈项上一一摘下，装进一个小袋子，把卷卷的长发扎起来，戴上常让别人误会为老太太的旧帽子，拎起满世界张罗过日子的布兜子去挤公交。

当了两天的作家，没等会议闭幕，她又变回了主妇的样子。

最后的手稿

因编辑《草原》"塞外随笔"栏目，我看到了一位诗人最后的几份手稿。

第一份手稿，是在二〇一二年春天贾漫先生身患绝症后，写给已逝的故友邓青先生的纪念文章《永远的怀念》。一九五七年，在《内蒙古文艺》更名为《草原》时，贾漫先生与邓青先生同在一个编辑部工作。病榻上八十岁的老人，纪念一位与他做了四十一年同事、六十一年邻居的兄长。写在纸上的往事清晰，字迹有力，无更多感伤，一位老人的痛，即使关乎生死，也很平静。

之后，贾漫先生被医疗设备任意摆布，唯有诗歌给他以自由。那些断续寄来的诗作，寻声律定墨，人生的束缚、混乱与艰难已化为性情的润泽，不再追问生命的意义和价值，贾漫先生以一种亲人般的关怀注视着万事万物，充满了对生、对美、对时间的挽留之情，期待着好运气或是奇迹。

死神随时推开门或打开窗，他有些恐惧，像等在幼儿园里最后的那个孩子，非常听话，安静地等待。他的生命像一本书，一页一页地打开，也像一个写作的练习本，现在都到了最后一页。

他颤抖地打开这一页，看看命运写的是什么，自己又能写什么，他像入睡的孩子抱着最喜欢的半旧的毛绒玩具，也像拥抱将要分离的爱人，他紧紧抱着这最后一页，体验着生命里从来没有过的奇特的情感。他写诗忆往事忆旧人，一团团像被洇过的钢笔水字迹一样模糊的生命记忆正在慢慢清晰。不能伏案写诗了，他虚弱地躺在床上，在病床上写了很多题赠给友人的诗，那些诗只在说出两个词：你好吗？再见。

我看到的贾漫先生的最后一份手稿，是一组古体诗，写于他去世的前一周。古体诗的每一个汉字，汉字的每一个笔画由无数曲折的点阵刺成，是留在白纸绿格上的古墨刺青。

越来越重的沉重压着他的眼皮，他眼皮颤抖，他睁开眼睛，他辨识着周围，是深沉的蓝黑色的天宇还是有太阳的湛蓝色天空？他听到一些声音漂浮在他的上空，他并不去听清楚，他愿意独享这个时刻。

他翻开一页页飘忽磨损的记忆，他年轻时想当一个诗人，他成了一个诗人。他曾在那么多混乱的身份里寻找自我，现在他看到了，他是一个诗人。他想打开他早年的诗集《塞上的春天》《春风出塞》，看看那些熟悉的有些褪色的印刷文字，像惦记自己的一个孩子。

这一次从长睡里苏醒过来，他焕然一新，一股奇异的力量重回他的体内，凝聚在手指，从少年时拿起的笔变成了刺青的针和锥，亲近的稿纸变成了他壮年的肌肤，一针一顿地刺下去，进针、拔针，手臂的血管凸着，一横一竖，一撇一捺，一点一提，都要刺十几下，针尖在稿纸上游走，针痕终于变成无数曲折的点阵，点阵凝成汉字，汉字凝结成诗。稿纸如同落叶一样发出簌簌的声响。

　　诗人最后留下的诗，是一个努力的生命唱给无尽的时间。

　　一踏征尘去路遥，爱在湖边看渔樵。

一个漂泊到北梁的人

很多漂泊的人到了北梁，停了下来。

乾隆年间的乔贵发走西口，在北梁停下来，建起了豆腐坊，创建了包头市古老的商号"复盛公"。北梁南距黄河十几公里，水旱码头连接了华北和西北，晋商和回民带着驼队，四面八方赶来，也停在了这里。清同治年间这里修建城垣。北梁，是包头市的老城。

李瀛洲是从陕西走着来北梁的，家被日军的飞机炸毁了，走投无路地随便走，走了半个多月，到了北梁。那一天他也睡在大地上，他在晨光里醒过来，睡意未消，看着阳光从刚冒芽的树枝的缝隙中透过来，柔和曲折。他也停下来了。

十八岁，他赤手空拳衣衫褴褛地站在这片陌生的大地上，觉得和这片大地有缘。这朝生夕无的命，无家可归的他，在这片土地上活下来，一直生活在这里。

这一晃，就是快九十岁的人了。

在北梁，他有了老婆、儿女、习惯和往事。

年轻时，李瀛洲觉得这片土地桀骜不驯，他也爱和它较劲，在茫茫如水的夜色里，带着年轻的倔脾气在寒冷透骨的坊间沉默地劳作。先学徒，后来又自己建起了工厂。他想，其他人能够做到的事情，我总也能够做到的。

经人介绍，李瀛洲认识了李秀英，她眼神里的温柔的忧伤、和善的智慧打动了他。他成为丈夫和父亲。

她的生命像豆荚似的开裂，他们每隔两年添上一个儿女，穿破一件工装服。后来，每年添上几条皱纹，几根白发。他的倔脾气越来越少了，一个有六个儿子和一个女儿的中国的父亲，只能活得没有自己。子女多，不敢闪失，不敢有其他的想法。

一位父亲，不能展示个性，只能接受命运，只能以艰苦的工作来承担生命里的苦难。寒冷的冬夜，怕炉火熄得太早怕孩子夜里冻醒，就守在火炉旁，他觉得唯一能做的就是守着这一炉火，这一点温，他像炉中一块微红的木屑，为孩子们发着所有的光。半夜的火炉旁一声沉沉的咳嗽，是他心里深不见底的沉默。

北梁地方不大，五教合一，有福徵寺等十一处宗教场所，有佛教、道教、伊斯兰教、天主教、基督教五大宗教。也许是这里的人来自不同的地方，也许是因为漂泊的人希望有个心灵的皈依。在遇到难事的时候，李瀛洲曾去过离家最近的教堂，去过几次后来又不去了。自己总还得要靠自己。

他们的日子就是工作当劳模，养儿女，给儿子盖房子娶媳妇。给大儿子娶媳妇花了五百元，给二儿子娶媳妇花了五百元，给三儿子娶媳妇买了三大件：手表、自行车和缝纫机。退休后，在窄窄旧旧的街巷，他们自己盖了房子，李瀛洲亲手砌的青砖墙。四儿子，五儿子，老儿子，他们在自己的房子边一间一间加盖，变成了一个青灰色的小院落。

生息繁衍，生命神秘地升华，原来像风琴上高低音管一样一个比一个高的孩子们现在都各自成家人到中年，孙子孙女外孙子外孙女，这棵老树上累累的金瓜银豆比李瀛洲当初来北梁的时候年龄还大了，当年流浪到北梁的逃荒少年如今已四世同堂。

老城棚户区改造，他们从灰青色的低矮小平房住进了新楼房。新家不大，卧室的墙上挂着他们的婚纱照，二〇一三年拍的，他们雪白的头发映着雪白的婚纱，李秀英一辈子没有钻石戒指，结婚六十年纪念日，儿女为他们张罗了钻石婚。他们从青年一路跌跌撞撞地走到了钻石婚。

客厅的墙上、桌上到处是李瀛洲老人的书法作品。他只上过两年学。"就想上学，就想写字"，李瀛洲一直这样想，到七十岁的时候，他的梦想实现了。他在临帖本上认真地写下"练习本"三个字，他常笑呵呵地说，今年的字写得更好了。他的字也越发稚朴圆劲。李秀英不识字，笑眯眯地看他写字。

他现在是模范的丈夫。他们喜欢逛街，李瀛洲和李秀英每天逛商场，不仅逛北梁的，逛东河区的，每个星期还要去昆区和青山区逛更大的商场和超市。他说，喜欢看人山人海，看现在市场的变化，看年轻人的追求。八十九岁了，他们，喜欢北梁延绵不断地闪烁着的灯火。喜欢热闹非凡。

唱长调的牧人

在我生活的巴林草原深处，有一些无师自通的蒙古族长调艺人。

巴图老人就是这样一位地道的牧民。老人养了一辈子的骏马，唱了一辈子长调，还辛苦养大了三个儿子——小儿子朝格图是旗乌兰牧骑①的长调歌手，二儿子赛音在京城追求他的马头琴梦想，大儿子在重复巴图老人蓝天碧草间的生活。

第一次听朝格图唱歌是在旗里唯一的剧院里。他的歌声使嘈杂的剧场一下子安静下来，那深沉、低缓的声音，不像是歌手的演唱，倒像是从草原上传来的自然之音。歌声里不仅有草的清香，马的嘶鸣，最动人的是直抵人心深处的拖腔，苍凉而浑厚，曲折却通透圆润。歌唱完后，剧场里一片安静，接下来却是一片的叫好声。

那长长的拖腔，就是长调中的"诺古拉"，翻译成汉语就是波折音、颤音。据说，长调中诺古拉的颤动，就是歌者心中的感动，对自然的感动，对生命的感动。即使同一首长调，每个人唱出来也不一样。诺古拉是不能教的，是需要自己体会的，是自然唱

---

① 乌兰牧骑：蒙语原意为"红色的嫩芽"，意为红色文化工作队，是活跃在草原上的文艺团队。一九五七年诞生在内蒙古大草原。

出的。

诺古拉最重要的是气息，而练习气息最古老的方法就是：骑在马上，顶着风唱。

结识朝格图后，曾问他，是和谁学的长调？他很奇怪地看着我，好像我问了一个最不可思议的问题。他说，小的时候，看阿爸做马头琴，唱长调，就自然会唱了。之后，他第一次拿起马头琴，按照自己心中的感觉试了一下弦就会拉了。

朝格图说，马头琴还是哥哥演奏得好。那时，他的二哥赛音已去北京的一家酒吧发展。我问他，为什么不像哥哥一样去北京？他憨憨地一笑，高兴地说，我转正了，我一直很顺的。"转正"了，就是说成了一个领着一份工资的公家人了，这是苏木①里的人最羡慕的事情。而哥哥赛音却没能转正，就去北京发展了。我问朝格图，如果去了北京，是不是又会有更多的收获？他摇摇头，说，哥哥每晚都要拉一遍《万马奔腾》，都拉得没感觉了……也有好的方面，见识多些。真正的传统音乐不是一成不变的，而是像流动的小河，像天上的白云，是变化着发展着的。哥哥告诉他，有一次，歌唱家萨仁呼在维也纳金色大厅演唱蒙古长调《雄鹰》，酒吧里聚满了来自内蒙古的人，大家听着电视上维也纳金色大厅里萨仁呼的蒙古长调，喝酒唱歌，一夜未归。

朝格图每次回家时，都要给阿爸和大哥带回很多酒。一小银碗白酒，一曲长调，是蒙古人对远方客人的欢迎和祝福。即使在牧人最忙的季节去草原，他们也不会把你的闯入当成一种打搅。他们会端上最鲜美的奶食，会捧上最醇香的奶茶，他们虽然只木

---

① 苏木：内蒙古行政区划名，相当于乡。"苏木达"即乡长。

讷地重复着一两句语言，但他们的盛情足以使每一个路人感动。他们是游牧的人，知道行路的人需要帮助——知道生的艰难，一个生命会倍加珍惜另一个生命。

和朝格图一起去他的家乡拜访他的阿爸时，见到了他的大哥阿拉坦。阿拉坦的生活像是父亲生活的一个翻版，养骏马，放羊，唱长调，还会像阿爸一样制作马头琴。可他又比父亲多了一些愿望，希望他的儿女比叔叔们还要更出息一些。日子虽然苦，但他从不抱怨。他知道，春天的风会把天吹成昏黄，秋天的风会把草吹成枯黄，可无论季节怎样转换，沙尘暴之后的天空依旧蓝得一尘不染，夏季的草原也依旧绿得清新壮阔。

阿拉坦的脸膛又黑又红，这是在外面长期劳作的结果。他看起来是木讷的，但唱起长调来，却是那么的深情专注，他的歌声在天地之间飘荡，传出很远很远。草原上牧民无论生活多么艰难，他们都把那份苦化在歌声里，化在那长长的诺古拉里。高兴时，他情不自禁唱长调；难过时，他不由自主唱长调。他的歌声无需返璞归真，因为他们就是璞和真。

朝格图也骑在马上，喊了几嗓子，他兴奋地说，这才是最有感觉的时候。

最使我们一行人震惊的是巴图老人的歌声。那是在他们一家人给我们一行人安排的丰盛的晚餐上，几杯蒙古白酒下肚，老人站起来给我们唱歌。由于常年的烈酒和劣质烟，老人的嗓子已经哑了，但老人沙哑的歌声，更多了一种沧桑的韵味。

朝格图动容地对我们说，阿爸唱的是《苍老的大雁》，这是一首著名的长调，也是歌王哈扎布[1]老年时最爱唱的歌："哉，我那

---

[1] 哈扎布：1922—2015，生于内蒙古锡林郭勒盟一个牧民音乐世家，创造性地发展了蒙古族长调歌曲的演唱方法，成为蒙古族最负盛名的长调民歌大师。

可爱的七只雏雁，祝愿它们飞到温暖的地方安康欢乐！哉，年迈的老雁，我呵，只能留在山河上空盘旋。哉，不是我自己愿意变老啊，实在是这时光无止境的循环，哎——呼哉——"巴图老人唱得无悲无喜。

吼　春

我第一次听《天下黄河九十九道弯》是在火车上。一个农民工，没有座，倚着他半旧的行李坐在硬座车厢的过道上，手里拿着一个音量很大音质粗劣的手机，一遍一遍地放着这首歌。

之后，我百度到了这首歌。回想着火车上听到的版本，是一首在陕北老船工李思命编创的陕北民歌基础上演变出的漫瀚调，演唱的人是奇附林。

奇附林出生在准格尔旗大路镇小滩子村。小滩子村在晋陕蒙交界的黄河岸边，西边是一望无际的毛乌素沙漠，东南是连绵起伏的黄土高坡。这里的人们过着最寻常的百姓生活，传承下来独特的歌种和文化。

漫瀚调是蒙古族短调民歌和晋陕地区汉民们的"信天游""山曲"和"二人台"的镶嵌和杂糅，融合了准格尔乡音土语。准格尔旗蒙汉杂居，沙丘、沙梁、沙漠遍布，漫瀚调的"漫瀚"二字，是蒙古语"芒赫"的译音，意为"沙丘""沙梁""沙漠"。这里的人以地貌为自己的歌种命名，是中国文化的自然而然与合和之道。

我第一次听奇附林的现场演唱，是二〇一五年腊八，我跟随四十多名文艺工作者去清水河县和托克托县。

到清水河县的时候是零下二十六度。演出场地是村里的一个土梁上临时搭起的舞台。最后上台的是奇附林老师，他唱的是漫瀚调《天下黄河九十九道弯》。

你——知——道，

天下黄河几十几道弯，

几十几道弯弯里有几十几只船，

几十几只船上有几十几根竿，

几十几个艄公把那船来扳。

……

一嗓子出来，风都停了一下，屋檐上的雪掉下来一块。

书法家们正一字排开在写着春联，正写到"春回大地"，奇附林一声吼，他们停顿了片刻，赞叹一句，这声音！

一曲唱完，观众的巴掌拍得停不下来。奇附林又唱了一曲《大河畔上栽柳树》。

腊七腊八正在三九，是一年里最冷的日子。"过了腊八就是年"，西方人不明白中国人为什么在最冰天雪地的日子里开始迎接春节的序曲，大概这正是中国的哲学。

到托克托县的第一场演出在一个剧场。舞台与后台之间有一条长长的过道，像黄河的一道湾。奇附林老师站在过道里，手里拿着准备好的伴奏的 U 盘，像个初次登台的小学生。

他十来岁放羊的时候，把羊放在山坡上，一个人站在黄河岸边就唱上了。这一唱已是五十年。奇附林长得不俊朗，长年在外劳作，他的脸像西北风吹出的风蚀地貌，原始的热情从来没离开他的脸庞。站在黄河边上，他一唱歌星光一样闪耀，土坷垃一样朴实。

他说，他的歌是用锄头在地里刨出来的歌。

电视台来采访，遇到奇附林正扛着锄头从玉米地出来，边走边唱《北京喇嘛》：

> 三十里的明沙二十里的水，
> 五十里的路上我来眊亲亲你。
> 半个月我跑了十五回呀十五回，
> 就因为眊你，我跑成了个罗圈腿。
>
> 回水湾湾上千层层冰，千层层冰，
> 十遭遭我眊你啊呀九遭遭空。
> ……

奇附林的歌风也唱雨也唱下雪也唱，唱给爱情，唱给他的黄河，他的田地，他赶着的马车和他放的羊。有时兴起就唱上一宿，从星星出来唱到星星落了。"江山风月，本无常主，闲者便是主人。"奇附林是山河里的闲者。他唱得地老天荒，风起雪落。

有一次下雪天，听歌的人不肯走，喝一杯酒，唱一首歌，人越聚越多，能唱的也跟着唱，就这样摆酒唱了一夜，从第一片雪花落下来唱到雪半尺深。

舞台上又传来《天下黄河九十九道弯》，一场演出又到了压轴的这一曲，演员们挤在过道上等待着一会儿的谢幕。化妆间一下子变得空旷，像一个在黄河岸边吼出的回声。

从清水河县去托克托县的路上，我们路过了一段黄河。"九曲黄河万里沙"，圣洁的雪山水被强劲的西北风刮进了黄土高坡的土与沙，黄河是一条泥沙俱下的河流。冬天的黄河水在泥沙面上结出冰，黄河的冰不温顺，我好像看到了冰的燃烧和咆哮，它们在严冬里变幻出沙面上的浮雕，一层层冰与沙与土混血在一起，如烈马在西北风里无所畏惧地奔跑。

奇附林的歌声，是二十四节气里的"惊蛰"，似春雷从大地上滚动。

"你知道天下黄河几十几道弯"，冻住的黄河被吼开了一条流淌的缝，阴霾的天被吼开了一条晴朗的缝。黄土高坡上的风被这声音震得掉了个头，西风北变成了东南风。春天来了。

自然的节令

同事家的孩子，考去了苏州大学学文学，与我常有电话交流。春分这天她打来电话说，学校里的玉兰花开了，她还以为是悬挂了塑料小灯笼。她说，不知道那是它的花啊，谁能想到这个时候会有花开呢。

一直在塞北生活的孩子到了江南，总是要惊诧上一个春天的。如果之后每个春天都惊诧万物的萌动，那定是一个能得到万物很多启示和眷顾的自然之子。

我曾在四月中旬去过一次江南，花期过了，变成了宋词里的绿肥红瘦。

只在西湖边见到了几朵牡丹。

想到李渔在《闲情偶记》里写过，自己曾不服牡丹是花中之王。后来服了。因为翻书查到第一手资料的时候看到武则天在冬天去御花园时，所有的花都开了，唯有牡丹遵循着时令，没有开花。

时令到了春分，阴阳是平衡的，昼夜是平衡的，是不是因为这种平衡才给了万物新的生机。

就像一杯好的法国勃艮第或波尔多红酒，不仅和产地有关，还要看那一年的雨和风，它们的相宜才产出最适合的葡萄、最迷人的色彩和最味美的红酒。这样的一杯酒和一杯普通的红酒成分相差很少，它的高贵之处是因为它能遵循自然的节令，呈现一种组织结构的平衡。

在塞北，有时要到了农历的五月，浅草绿了马蹄，这才是春天来了。但是在春分这一天，塞北的风会格外柔和，空中常有几片雪或是几滴雨混合着降临大地。节令和大自然严丝合缝不约而同。每一个节气隐藏在普通的年月里，带给我们微妙而颤栗的变化。

塞北的春天是和风一起刮来的。塞北的春天最打动人心的，是在狂风和一片枯黄中隐藏的绿，小草的绿，毛茸茸的像刚出壳的小鸡。最大的那二三场沙尘暴，常在一个很湛蓝的上午过后，没有铺垫。有一次和同学相约看电影，是这样的天气。走在路上单薄的外衣被吹成太空服，小水辫不停地从脸上扫过，在灰黄里，沿街的建筑都开着灯，灯光有的是橘红色，有的是幽蓝色。风把周围的一切都吹得发出奇怪的声音。我的心里很恐惧，不知道会被刮到哪里去。如果没被刮走，我就一定要到电影院去。这是我们前一天说好的。那时还没有现在的这些电话手机微信什么的，能帮助我们根据天气情况取消约定。每年夏至时，我们还会一起约定了穿裙子，即使第二天遇到了阴雨天，我们还是不顾父母的反对，穿上裙子去上学。小孩子的约定就像大自然的节令一样。

到了电影院，幽暗光线里的水磨石楼梯被磨得黑白分明。红色的门虚掩着，检票的工作人员不在，掀开很重的深红色丝绒布帘，光线摇曳闪烁一下，就像进入了黑漆漆的地洞。屏幕的光离我很远。我摸索到座位，同学坐在那里。散场时灯亮起来，我们看到影院只有我们两个。我们的头发缝里有很大的沙粒。又是春天了，风尘扑面，不知道我的那个同学还记不记得我们那天看的影片《钢琴课》。这是中学的时候，过了几年，这个旧影剧院拆了。

春光里的老人

春天，在塞北想起江南。慢慢清晰并浮现出的是那些春光里的老人。昨日青青，今日苍苍，韶华白首之间，是漫长一生，还是恍然一瞬？

晨　晓

四时的情趣，春天的晨晓最好。暗夜在天边的微光里醒来，飞鸟在朦胧的树影里醒来，人们在昨夜的落花里醒来。大地上，黑色渐渐隐去，绿色依稀蔓延。

火车在光影的交错中飞奔，开往江南的春天。一站站停停走走，穿过长长的隧道，越过茫茫田野。从乍暖还寒到春意盎然，从苍凉到翠绿。空间的旅途，划过时间的轨迹。"逝者如斯夫，不舍昼夜。"在时光列车上，我们是等待的旅人。

等待时，时间总过得慢。我对面的老人不停地看手腕上一块老式的上海机械表，圆圆大大的表盘上，时针、分针、秒针一起滴答向前，秒针像年轻人一样忙碌，时针如老人般沉稳。我们能清晰地听见时间的流逝。与老人相隔不到一米的距离，隔着几十年的岁月。那张皱纹的脸，是我的未来吗？

这是一位来自乡间的老人，她面庞微黑红，说话时总先谦卑地笑。她唯一的儿子大学毕业后在南京工作。现在，小孙子出生了，她放下地里的活，第一次坐上火车，充满了盼望和喜悦。被儿子接进城，是她一去不复返的光阴里最大的希望和依靠。

迎着明媚的春光，火车缓缓靠向站台。一个乡村老人的城市生活就要开始了。可是，从乡村到城市，不只是一段路。从老家到儿子家，不只是家族的延续。老人的包裹拿起来有些吃力，几个蛇皮袋子，装了一个遥远的故乡。

清　晨

新建的南京火车站像一条船，停靠在历史的某个坐标上。出了车站，不是熙熙攘攘的人群，而是美丽开阔的玄武湖。火车站这段是玄武湖的一隅，湖边有很多垂钓的老人。晨风微起，杨柳飞扬水波清漾，老人们独享清闲。他们不必忙功课、忙生计，只愿现世安稳，岁月静好。

南京是个使人容易伤情的城市。六朝的残墙，屠城的血证，门巷乌衣，秦淮灯影，哪一样不曾揪心！老人们垂钓时是很执着的态度，很淡然的表情，即使鱼儿上钩拉竿的那一刹那样子也是从容。他们早已了然世事的因循，感慨时只叹一句"人间正道是沧桑"。现在的南京已不是曾经的南京，可玄武湖依旧，紫金山依旧，唯时光匆匆，繁华转瞬，多么辉煌和忧伤的历史也比不上这静静垂钓的当下。

这些安详的老人中会不会有黄侃先生的学生呢？黄先生一生倜傥漂泊，晚年是在南京度过的，一住八年，南京是他居住时间最长的一个城市。广州中山大学曾请他去教书，他未答应，说出两个理由：一则因为路途遥远，身边书籍甚多，行动不便；一则因为舍不得离开南京，因为南京的花生米好吃。把复杂的事情用最简单的方式诠释，是属于老人的智慧吧。那些早已泛黄的书卷里，有黄先生的教诲和曾经青春的手画下的深深浅浅的笔痕，如今已成旧时光。

正午偏左

到了杭州，满眼的翠，在春的画轴里流淌。碧水如镜柔柳如烟的西湖边，飘着明前茶的清香。人间四月天，逛人间的天堂，随处可看到老年团。

在梅家坞喝茶时，遇到一位北京团八十七岁的老人和他近六十岁的女儿。老人缓缓走进茶室。他苍老的双手合拢放在茶桌上，像一只时光中的贝壳。

他的女儿没有老人的从容，初老和刚退休的失落，体力的衰退，比想象的无奈悲凉。终有一天，她也会慢慢心安下来吧。终有一天，我们都将年华老去……

年华老去，人生豁然清晰。那些轻易的别离，如烟的往事，终于认清却再也无法实现的梦想，还有为了梦想而丢失的自己……如童年时喜欢的不起眼的玩具，曾给过自己最朴素的快乐，却被时间重重阻隔，再也寻不回。《野草莓》是伯格曼执导的一部关于老年人的黑白电影。七十九岁的伊萨克是一位医学教授，在去从前的大学接受名誉学位的路上，他反思人生，仿佛又看到了儿时嬉戏的野草莓地，又看到了站在阳光下的情人。他发现，功成名就的自己错过了生命中最自然的一部分，那些细碎简单，然而温暖如阳光下的野草莓地一样的平淡时光。

是否因为曾经错失，所以珍惜人间晚晴？在草长莺飞的江南春天，听到几对老夫妻彼此"老伴"相呼，使人羡慕老来相伴才是福。"恋着你弓马娴熟通晓诗书少年英武，跟着你闯荡江湖风餐露宿受尽了千般苦。"无论是青梅竹马，还是半路夫妻，生活远不及戏文浪漫。多少的磕磕碰碰、路狭草深，虽已不再美丽，不再强健，却彼此相惜，执手偕老走在无限春光里，忘却老之将至。

华年很短，岁月很长。

正　午

在黄山，没有遇到那位已走进书里的，每天挑着太阳上山的老挑夫。"在黄山，比太阳起得更早的，是挑夫。与其说太阳是升起来的，还不如说是黄山挑夫挑起来的。"看到很多已到中年的挑夫，他们肩上的挑担有百余斤重，里面装的是各景点和山上宾馆必需的日用品，还有建宾馆用的水泥砖石。沉稳的步伐，大汗淋漓，却不气喘吁吁。从山底到山顶全靠两腿丈量，岁月在一级一级仿佛要架到云里的石梯上流逝，太阳不老，人却转眼就老了。

隔着车窗，看到一位在骄阳下耕作的老人。江南不同于塞北，每一个小小的地方都种满了庄稼。绿色的田间，一位播种春天的老人，荷锄而立，凝视远方，一旁是她的小孙子。原来老人还承担着本该属于年轻人的生活重担。

人勤春早。过了年，年轻人就都坐着火车走了，只留下这一老一小。老人向火车的方向张望，她的儿子儿媳也许是坐着火车从田地里走出去的。她天天看火车，是不是竟从未坐过火车？她不想去哪里，她早已像庄稼一样种在土地上。只是，雨水没有从前丰沛了，能耕种的土地越来越少，没有了从前的肥沃。

土地是能生长声音的，诗人说那是大地的箫声。可现在大地的声音改变了很多。原来是鸟鸣虫吟、万物萌生、一家人汗水和笑声匝地，现在多是火车的呼啸，带走了老人很多原来的记忆。小孙子晚上吵着要妈妈，她没法，只得掏出自己干瘪的乳房。黑夜中，她听到自己憨实、苍老却寂寞的心跳。

寂静的乡间。寂静的老人。四十多年前，美国人蕾切尔·卡森写了一本书叫《寂静的春天》——春天听不到鸟鸣，滥用农药伤害了许多生灵，影响了自然的和谐，所以称为寂静的春天。书中的村庄是虚设的，但在世界很多地方都可以找到这个村庄的翻版。

隔着车窗，一切都容易美起来，那大片大片的油菜花，是阳光下的黄金。

正午偏右

乘一叶乌篷小船，摇摇晃晃，在微雨中走进了乌镇。在依水而建，紧紧连在一起的乌黑色建筑中，老人反而鲜亮起来。二百多家居民中大部分是在这里世代居住的老者，百岁老人就有三位。小巷深处，仿佛能看见她们挪着三寸金莲，在长满青苔的石板路上款款走过如水光阴。

乌镇出产一种古老的蓝印花布，那是她们从小就学会的技艺。兰草调成的青青蓝色配着白云的颜色，蓝得古朴，白得清幽。江南的特质，乌镇的底蕴，使她们神清韵美。红颜弹筝，白发摇橹，一个个女子的笑颜在窗下的流水声中不知不觉老去，如莲花开落，柔和平淡却牵动人心。

　　我无从知晓她们的故事。也许前几日，老人从二十几岁就开始等的海峡那边的那个人终于有了消息，那远征的归人终于回到了梦里水乡。回来的这一天和走的那一天一样，下着细细的雨。少年听雨石桥上，壮年听雨客舟中，如今听雨故檐下。他走进水乡的刹那，她美好的恍惚，仿佛时光倒流，又回到了初见时。可得知他是偕妻将子一家老小来的，也终是隔了一席软软的蓝印花门帘没有见。为他心安了，她好在还有他的两个孩子，即便曾望穿了摆渡人和雨中那把油纸伞，守着也是心甘的。帘外，他看到一根她梳落在地的银发，轻轻拾起来，放在古老的案桌上，又从怀里掏出她年轻时的一缕青丝，放上去，就安静地走了。恩怨得失都清淡如水。在湿湿的江南小巷，到处散发着淡淡的暗香。一定有很多的旧事吧，有悲有喜，还有一种与世隔绝的不真实。小桥流水，千年书院，斜风细雨，她们的故事一定是不同于别处的。

　　站在悠长的石板小巷，望见近处小小一座拱形的逢源双桥，落花人独立，微雨燕双飞，桥下船儿轻轻摇橹，欸乃一声山水绿，留下一水面的涟漪。真想和一位老人聊聊天，听听柔柔的吴侬软语，可又不忍，怕打扰她的安详宁静。她的笑容若一朵清淡的菊花，开在微雨的江南，皱皱的，很灿烂。

近黄昏

　　用一天的时间匆匆领略上海，只能感受到繁华二字。直到登上东方明珠塔向下看，人都变成了蚂蚁，美与丑、容易和艰难、白领和民工、老外和同胞、年轻和衰老都差不过毫厘。所以在上海火车站看到一位乞讨的老人，并未觉得灰暗，即使她浑浊的眼珠十分干涩，即使有人把零钱投给她时叹着"可怜"，相对于那些在病榻上的或是已无法自主记忆的痴呆老人来说，她也是幸运的吧。

　　回程依旧是一列慢火车，车上很多出游的老人。隔壁铺位的老人在打牌，认真地争执，像群孩子。铺位中间的小桌上有用茶水泡着的假牙。下铺的两位也上了年纪，白了头发。她们断断续续地讲述着各自亲历的喜悦忧伤，听来的悲欢离合。语调没什么起伏，过去了，痛不再那么痛，乐也不再那么乐，都湮没在寻常日子里。

　　她们在各自的岁月里暗暗吃苦，慢慢变老。也许是日常间很少被理解、被倾听，不禁把对方当成了知己，只相逢这一次，却把最贴心的话儿都说了。我放下书，听两位老人细细长长地聊天，忽然之间，心有戚戚焉。我们和老人是多么不同啊，即使纷乱的时候，也只是找一个路边的奶茶馆，隔开窗外的风沙，和一二好友，家长里短又不肯说，彼此的故事，因为过分守礼，不愿别人平白分担，即使内心充满莫名的伤感，也只静默着喝茶，用淡淡奶香里的那一点苦那一点咸冲淡彼此的彷徨凄楚。听到老人的谈话，才知道倾心地唠唠家常言语是多么幸福的事。

　　火车又重返到南京，在车站停了半个小时。黄昏来临，淡淡暮色里，喧嚣站台上，老人们静静地看夕阳。明暗交错的霞光，是她们一生的变幻。我望着她们，希望自己也能慢慢走向她们的岁月，那是席慕蓉笔下悠远的《暮歌》："我喜欢将暮未暮的人生 / 在这时候 / 所有的故事都已成型 / 而结局尚未来临。"写诗的女子现在也是位老人了，当她老的时候，终于从台北回到了故乡。我一直在塞北等她，见了才知道，年轻时容颜并不美丽的她芳华渐老时竟那么美。

夜　晚

太阳沉下去，人间的灯火亮起来又渐次熄灭，天上的星星安静地等待晨晓。如水的夜，我又重回江南，看到那些春光里的老人行走在岁月的寂寞里，他们年长的心似秋月，清澈温和地遍照人生的角落。在江南的小路上，有很多的落叶。和塞北不同，江南的落叶是在春天，新的长出来，再把旧的顶落，春天在枝头交接，草木零落复葳蕤。我在江南的春天里看到四季，也在四季里看到春天。"当华美的叶片落尽，生命的脉络才历历可见。"那闪烁着年轻人未曾到过的银质世界，是老人们焕发出的勃勃生机，不同于年轻人的，是对命运掌控的清晰和坚强，对生命的热情和珍惜。即使知道有个终点在那儿，他们虽心慌却并不抱怨，因为每个人都曾亲历过同花朵昆虫、明月清风生活在一起的岁月。

第三辑　疑似的日子

小 书 店

　　散落在城市里的小书店，安静而自由，有着独一无二的性情和品质。

　　"北京的书店，要去三联。"有了这声音的提醒，就去了，去过后，就成了留恋这座城市的理由。它的好在于，有些书和杂志在别处买不到；还在于读书的气息，丰富而深远的人文关怀，漫不经心地从地面、墙壁和一排排书架间散发出来。读者在书店阅读是自三联开始，二十四小时阅读也是自三联开始，通向地下室的木质楼梯上，靠墙一侧总坐着一溜读书的人，消磨一天时光，在文化里随心所欲。

　　我手头金耀基先生的《剑桥语丝》是在三联买的，也是三联出版的。"生活·读书·新知"，三联的标志印在书的封面上。在书里，有金先生的书店记忆。他最喜爱光顾的是一家在剑城市集上与花摊、古物摊、水果摊为邻的，一个叫"台维"（David）的小书摊。每次去台维，金先生只要穿过大学图书馆，穿过剑河，再穿过一两个古老学院就到了。书店的创始人台维先生早已过世，他不是一个做学问的人，他没有学位，没有写过书，他开办的书店，是很多剑桥人的精神故乡。

诚品曾是一家台北的小书店，二十年间发展成了一家有几十个门店的大书店。它的店员阿丁说："就像看着一个旧识慢慢出人头地。"苏州诚品书店，从一楼到二楼有着长长的台阶，右手边的墙面像钢琴的八十八个黑白键，每一个琴键上面标着年份和这一年的代表书目。沿着台阶拾级而上，走到了我中学毕业的一九九一年，走到女儿出生的二〇〇一年，走到我出版第一本书的二〇〇四年，大大的书脊里是密集茂盛的再也回不去的时光。在诚品，很多读过买过翻烂过的书，以另一种版本出现，竖排的繁体汉字，熟悉又陌生，不识又相识，是一种趣味。

上海的汉源书店在绍兴路。绍兴路是老弄堂，有法国梧桐，有上海人民出版社、上海文艺出版社和上海昆剧院。"汉源书店"四字印在书店的每一扇落地玻璃窗上，像上好的西泠印泥盖上去的一枚闲章。顾客不多，书架上有中文的简体和繁体书，有英文、法文、梵文书。一整天待在那里，思往事，闲翻书，或是透过薄薄的落地窗看老上海的街景，或是观察玻璃屋脊上的法国梧桐落叶，它们的颜色像一本古旧的书。窗外梧桐树的绿叶里，知了一阵一阵地叫着。这里的知了也是不同，"知"字发的声音很短，"了"字则很长，像初入学孩子的读诗声。

大多数小书店没有成为大书店的机缘，也没有台维的历史和汉源的名望，而有着不知道明天何去何从的命运。租金不断上涨，很多小书店不得不更上层楼或移到地下。二楼，七楼，十一楼……在有点破落的旧式街区，一家随遇而安的阁楼书店，是一些孤独心灵的知己。视它为知己的人并不怕路远，楼梯窄而陡。那些书籍自有力量呼应到与之心灵相通的人。有的书店会突然

"失踪"，门前并无迁址告示，成了爱书人的乡愁。独自一人站在失踪的小书店门前，眼睛闪着泪光，像在异乡的灯火里突然想起小时候自家土房上飘过的那一缕炊烟。

有的小书店，延伸到了网上。几年前，我注册为"豆瓣网"渡口书店的会员，至今还不曾去过这家开在上海静安区的小书店。《查令十字街84号》邮购自那里，书的第一页像信封一样，印着两个人的地址：纽约市东九十五大街14号的海莲·汉芙，伦敦查令十字街84号的"马克斯与科恩书店"。从一九四九年到一九六九年，海莲·汉芙一直向查令十字街84号邮购图书，与这家旧书店的职员弗兰克·德尔通信。他们在信上说版本，论书价，叙述读书生活。二十年间，书和信在英国和美国之间寄达，他们却从未谋面。

在威尼斯有一家小书店，书架就在小巷子里，自助买书，钱放在盒子里就好了。它不是奇迹，是一个人，以及一群人的坚持。

在我生活的呼和浩特市，内蒙古大学东门的普逻书店与我性情相合。店里音响品质很高，经常播放一些欧美的演唱会，演唱坦荡自由。从那里走到大学街的路口，右边文化商城17号是厚德书局，左边不远是中山书店。中山书店紧邻"60颗豆咖啡店"，夏天的每个周六，在这个城市生活的外国人常聚在这里举行户外音乐会。咖啡店里磨出的每一杯咖啡，醇厚的香味能飘到书店里和大街上。大学街后面有一家"蒙元素"文化沙龙，二楼藏有三百多个版本的《蒙古秘史》。有了这些书和书店，城市就有了文化气质。

地坛与野草

　　一九九一年，史铁生先生的散文《我与地坛》发在《上海文学》，那一年的文学因为有这一篇文章，成为文学上的大年，丰收年。

　　一个残疾人，一个阴暗的废弃的园子，一回回关于生与死的思考。这篇文章，像地坛里的一棵老树一样，长得慢，根、干、叶，都生长出自己独特的肌里和脉络。有着心灵的单纯和时间的静穆。也是史铁生自己一段最重要的心灵简史。

　　是母亲的死使史铁生开始思考生与死。是他不能再走路的腿使他开始思考生与死。

　　他孤独地坐在园中，坐在轮椅里，如同深夜中独自躺在床上。他是在几近绝望的心中有着希望，希望着有一天，突破人生的围困。他在园子里消退了青年的雄心和虚妄，直至地坛与他的生命合而为一。

　　现在重读的时候，我想到了鲁迅先生的《野草》，在《死火》这一篇，关于生和死的思考。鲁迅和死火对话，说，要么被冻灭，要么更生。

鲁迅先生把所有外界的问题都转化为自我生命的问题，把绝望沉入到自己生命的最深处，进行自我拷问。整个《野草》就是一次鲁迅自我生命的追问过程，这里有希望与绝望的纠缠，生和死的抉择，直指死亡的追问，向死而后生。他的生命也因此达到了前所未有的真实和深刻。

　　那些蚀骨的孤独来自鲁迅的经历，他的童年。

　　"有四年多，曾经常常——几乎是每天，出入于质铺和药店里，从一倍高的柜台外送上衣服或首饰去，在侮蔑里接了钱，再到一样高的柜台上"，给他"久病的父亲去买药"。他从小康人家堕入了困顿的处境，看见了世人的真面目，后来又在母亲的哭声里，决然走上艰苦的人生的道路。

　　鲁迅看透了生与死，看到每个人活得都不容易，看到死亡之于我们，是在我们每个人自身之内的。人类的生生死死，就像地球的自转一样。

　　在《野草》里，鲁迅觉得希望是虚无的，绝望也是虚无的。

　　钱理群先生在讲鲁迅的时候说，鲁迅先生固执地要人们相信，有缺陷、有偏颇、有弊病、有限，才是生活的常态，才是正常的人生与人性。人们正视这一切，才能从中杀出一条生路。

　　鲁迅在《影的告白》里说了十一次"我不"。他无条件地拒绝。他拒绝"有"，选择"无"，他将生命存在于"无"之中。什么都抛掉，达到空的状态。

　　鲁迅在这虚无之中从没停止表达生命的意义。明明知道都是空，但每时每刻依然执着，生命的迷人正在此处。他的写作，呐喊和彷徨，是用尽平生之力，为了爱众生。

　　当他的心灵里容下了世界和众生的时候，世界和众生，也就是文学要素里面的世界和读者。世界和读者才会接纳他的心灵、他的苦心。

鲁迅看到生命的原罪。否定一切精神的避难，这是有担当的一种精神，那种目光和文字的力量，会使我看到自己皮袍下面的"小"。快三十岁的时候，一天，忽然发现我变成了闰土，那一刻的恍悟实在惊心。心里有着无穷无尽稀奇事的闰土，站在月光下的少年，变成了一个"懂事"的中年人，失去了生趣，苦得像一个木偶人。下面的发现更加惊心，我在鲁迅先生塑造的每一个人物身上都看到了自己，那些皮袍下面藏着的"小"，我小心翼翼地遮盖着，而它真实地存在我的骨子里。我是不愿担当的涓生和子君，我是孤独消沉的吕纬甫，我是絮叨的祥林嫂，我是试图安慰自己的阿Q。我企图反抗，然而，终究不能够。

所以读鲁迅真是要勇敢地站在地狱的门口，看自己有没有勇气进去。

钱理群先生说："真正的鲁迅是沉默的鲁迅。所以我觉得我们要了解鲁迅，就要直接面对那个沉默的鲁迅。我自己的书房里就放有鲁迅像，我经常不读鲁迅作品，而是直接面对鲁迅像，进入我的沉思、我的想象、我的理解，这是面对沉默的鲁迅可能是更接近鲁迅的一个途径，那个东西多少有点神秘，靠你自己感悟，自己感悟多少就是多少，沉默的鲁迅才是最真实的鲁迅。"

个子不高，穿着长衫，板着脸，黑白胡楂，眼神沉默如剑。这是我们常能在图片上看到的鲁迅先生，也好像听到了他的绍兴方言在拼命呐喊，"救救孩子"。他是野草，他听到了大地的呻吟，他的小说人物用华、夏这样的姓氏。我现在重读他的作品觉得里面是那么多的柔情，那样一种为众生操碎了心的文字。

《我与地坛》写的也是一种垂死的挣扎，在时间空间中的挣扎，在生死之间的挣扎。史铁生把向死而生的难题描写了出来，死作为一个每一个人必到的终点，真切地烤灼着他自己和读者。

《我与地坛》，也是人间地狱的往还，其追问与自我拷问，有一种惨烈的精神。人一旦进入生死之问，撇开俗谛，便有可能和神思相逢，文学动人的地方，有时大概在这类的寂寞里。

一座园，十五年，史铁生失去了空间的自由，却在这破旧的园子、狭窄的轮椅上获得了内心的单纯和自由。在生命的险峰，他看到生命是虚无的，但他要赋予生命的意义，用心与世界联系，再造一个心灵的世界。

在重读《我与地坛》第七遍的时候，我在第六节的最后一段话一下停住了。之前读的几遍里，我好像从来没有看到过这句话一样：

我在这园子里坐着，园神成年累月地对我说：孩子，这不是别的，这是你的罪孽和福祉。

园神摇着铃铛，告诉他要承受生命的真相，他使烦躁的自我得以平静，他与约束他、限制他的轮椅达成和解，不再受外界的蛊惑，不再受束缚，勇于对自我的心灵进行罪与罚的省察，他享受真正的心灵。

我想，每个人都有一片这样的精神之地，在这里自己与自己重逢，生与死相遇，罪孽和福祉并存。

救赎近在咫尺，只是人们常常忽略，也常常缺乏勇气。

在这些高贵的心灵里面，在反复地思考了生与死之后，他们在心里面涌起了对人类对万物无限的、无穷无尽的爱。

节选自 2014 年 5 月 15 日在内蒙古大学
文学院的讲座《表达你的发现》

禅寺钟声

我在马明博的《天下赵州生活禅》一书里，听到了禅寺的钟声。

钟声清越悠扬，跨越时光，跨越山水，使我这个槛外人，顿受启悟。

从书中介绍的柏林禅寺，我第一次深入地了解了寺院内的生活，循着"禅寺一天生活时间表"，我也跟着走进了千年古寺——当晨钟初叩，大地苏醒，我沿着"闻钟、诵经、听法、禅坐、普茶、云水、传灯"各章节，走进寺院的深处，我看到赵州和尚在"平常心是道"中顿悟玄旨，看到当代禅德净慧法师弘扬的以"平常心、本分事"著称的赵州禅风，看到了"生活禅"。书中一个个禅门公案："拈花微笑""柏树子""吃茶去""洗钵去"……如灯如月，照亮我心中愚蒙。

最喜欢的文字，当是《舌尖上的禅》。从这些简洁平实的文字中，我发现，博大精深的禅，原来可以体现在吃饭、饮水等寻常事上。生活处处充满禅机与禅意，体现着禅的空灵与恬静，只要我们放下身和心的负重，以平常心、感恩心、谦卑心来体悟即是。

"相聚在赵州不是一件易事；喝一杯赵州茶不是一件易事；通过生活禅，和真实的自我相遇，更不是一件容易的事。"几个不容易，道出了感恩和惜缘的重要。此时，学着"善用其心，善待一切"的我，感受着生活禅，好像忽然明白了佛家"善哉善哉"的本旨。

　　善心即大地，包容乃天空。大地和天空之间，是一群小小的人儿。这群人儿时而负累，时而困惑，所以，禅寺的晨钟会把我们在迷蒙中唤醒，晚钟会使我们在喧嚣中沉静。目光在翻开的书页间行走，耳畔禅寺的钟声循时敲响，从未止息。

　　读《天下赵州生活禅》，使我想起简媜的禅心文章。

　　这些文字都有相通之处，有一种感人的力量在其中。就如一道山泉，清清澈澈地流淌，缓缓地向我们的心中渗透，给饮水的人心灵上无比的清凉。然而，这些文字所传递的清凉的况味，却又各不相同。

　　简媜文字清丽古典，玄妙铺展，层层叠叠，婉约间有力度。

　　马明博文字平实，不蔓不枝，疏朗干净，以平常心，把生活中的禅机尽现。

　　看看他们笔下的月亮，可见一斑。虽然这一轮月亮，就是我们头顶上的。

　　简媜是"月光，我不禁祈求月光，更柔和地怀抱他们。不祈求无风无灾，但愿多大的灾厄来袭，便有多大的气力撑过来"。

　　马明博是"月亮悄悄地爬到人的头顶上。（每个人）面前的小茶盏里，多出来一个小小的圆圆的月亮"。

　　生活中，每个人都拥有自己的月亮。拥有月亮的人虽然多了，月光却不会减弱。这一点，或许可说是《天下赵州生活禅》的主旨。

平常心是通往生活禅的一座桥。桥下流水，是我们的似水年华。钟声响过，月光独明。

你好，你好

汶川地震后的两三个月间，歌手尚雯婕翻译了法国作家菲力普·克洛岱尔的小说《林先生的小孙女》，一本关于心灵重建的书。

在书的开篇，能读到与地震后极其相似的场景：经历了灾难后，活下来的人们如"一群面目憔悴的脆弱的雕像"。

战争使一个家族只剩下祖孙俩，他们被送往大洋彼岸的侵略国的收容所。浩渺的海上，老人紧紧抱着刚出生几天的小孙女，伫立在船尾，看着祖国离他们渐行渐远。他们失去了祖国，失去了家园，甚至没有一个熟悉的人能再唤他一声"林先生"。上岸后，他木偶一样跟着机械的人群，生与死已没有区别。

一切都是陌生的、未知的，空气索然无味。望着一路上都很乖的小孙女，老人强迫自己吃下没有任何味道的食物。夜晚时分，他叫着小孙女的名字："桑蒂。"是"温和的早晨"的意思。他为小孙女哼唱一首古老的家乡歌谣："清晨终究会来，光明一定重回大地，新的一天终会来到，总有一天你也将成为母亲。"

为了让小孙女晒太阳，老人强迫自己出去散步。在公园的长椅上，他遇到了巴克先生，一位一直生活在这个城市里，刚刚失去了妻子的悲伤老人。

语言不通，一个素昧平生的沧桑笑容，明媚了彼此凄惶的心。他们倾诉往事，用孤独，用生命里的苦难，用彼此都能明白的忧伤取暖。他们喜欢上对方低沉的声音，"你好"是唯一能听懂的语言。每一天，两位老人都要说很多遍。卑微的生命，因为每天在公园的长椅上相见而变得有意义。

几个月后，林先生被转送到另外的收容所，他们失散了。为了与巴克先生重逢，老人两次从收容所逃跑。

林先生流浪在偌大的城市。挪不动脚步时，他的身子就缓缓地滑下去，衰老的脸贴在异国的冰凉的路面上，直到他坚持着站起来，再一次上路。

他终于看到了那个与巴克先生相遇的公园。

"你好，你好，你好……"

林先生艰难地喊着。

一直如尊雕像一样在公园的长椅上等待的巴克先生，听到了老朋友的声音。

重逢的一瞬，林先生被一辆汽车撞倒了，生命垂危。巴克先生把桑蒂放到林先生的胸前，老人醒了过来。他不会丢下小孙女，他曾穿越饥荒和战争，背井离乡，漂洋过海，他是不可战胜的。他把苍老的双唇贴在小孙女的额头上。他已找到了他的朋友。他对巴克先生微笑，说了几声"你好"。巴克先生回答他"你好，你好"。

这个反复说出的词成了一首歌，一首他们之间的二重唱。在经历了那么多艰难和过眼烟云之后，他们只剩下用最单纯的方式热爱。

书的最后几页使人震惊：原来，使老人在苦难中坚持活下来的小孙女，一直很乖很安静的小孙女，只是林先生小孙女的布娃娃。

哪怕只是一个布娃娃，哪怕两位老人只有彼此用不同的口音说出"你好"，这些人世间的温暖，是生活的信念。

在汶川地震后，参加救援的志愿者们曾学习"星空疗法"，帮助惶恐无助的人们平静下来。英文的"安慰"，由两个拉丁字根con 和 sole 组成，意思是"人跟人在一起得到力量"。心灵的伤痕需要真诚的心灵去抚慰：

让惊恐的人说话。让伤心的人痛哭。

抚摸头，可以安神；抚摸手臂，可以安静；抚摸脚，可以驱寒。

……

让人看星空，如果有。

要看星空，会有。只要仰望……

仰望星空，能倾听到五亿颗小铃铛的歌唱。在永恒的星空下，我们渺小如尘。每一颗尘埃，都拖着一个萤火虫的尾巴，努力地发出光来。

那微小的犹如一盏灯的光亮，是牵动人心的亲情、朴素温暖的友情和不离不弃的爱情。这些是有时被我们忽略的人之常情。

多简单，生命，有爱就行。多维艰，生命，有爱才行。爱是生命最本质的诉求，是生之美所在。

二〇〇八年五月十二日。夜空，星星依旧在黑暗中闪烁。

那一夜的北川到底有多么黑暗和恐惧，她不敢去想。那一天，她什么都没有了。两个至亲至爱的人，丈夫和刚刚几个月大的孩子，变成了夜空中的星星。

第二天是个阴雨天，她被送到绵阳九洲体育馆。灰沉的天色。

所有的孩子好像一下长大了，所有的大人都苍老了很多。她听到了一个小婴儿的哭声，知道那是孩子饿了，就走过去。

她看到了一个和她一样悲伤的人。男人双手缠着纱布，紧紧地抱着襁褓里的孩子。

她艰难地张开双唇，滞涩地说："你好。"

他沉沉地回一句，"你好。"

她伸出双手，把孩子接过来，顺手抱在怀里。她的乳汁流进了孩子张开的小嘴里。新年的时候，孩子抚着她的脸叫妈妈了，这就是她的孩子。

生活对于谁来说都不是件容易的事。相依为命，使他们自然地成了一家人。思念亲人时，他们依然忍不住一次次落泪。他们要好好地活着。城可倾而爱永恒，穿越荒凉的废墟，穿越茫茫的黑夜，又亮起了万家灯火。

初春,《诗经》

《诗经》的开篇,是这首《关雎》。

繁体,竹简。

一个在河边采荇菜的女子,一段没有实现的爱情。

天地初开。

公雎鸠和它的妻,贴着水面飞翔,"关关"啼啭。长长短短的荇菜悄然生长,嫩芽初上,新叶正憨。不远处,爱情正在一个男子的生命里发芽生根。只是在生命的途中看了她一眼,就有了深夜里无声的叹息。水荇飘动,衣袂牵风,软泥上野生的青荇和在河之洲的女子,清新如初。那种思念,远远的,远远的。从心尖到指尖,在梦里也抚起琴鼓起瑟来。连钟鼓齐鸣的婚礼也梦到了。

《关雎》美于一个"止"字,参差的荇菜也还是嫩嫩的芽,婀娜的茎沉在清澈的河水中,圆叶尚未铺开水面,名叫金莲儿的黄花也还没有开。那个采摘的女子,在青草更青处,一千年一千年地清淑窈窕。止于未相思,未相恋,未成婚。没在红尘里冷暖枯荣。那个辗转未息的男子,后来也娶妻了吧?

婚期选在了春天。

第一朵粉嫩嫩的花苞绽成灼人眼的桃花，美丽的新嫁娘，人面桃花相映，正值妙龄，娇羞的眼神，盛满对婚姻生活的希望。第一朵花美给自己。

婚后，时时处处和想象的不一样。桃花谢了，桃花又开了。连那个满心欢喜与她结良缘、拜天地的新郎官也没心思欣赏花颜。那些花是用来结果结实的。养几个白白胖胖的娃娃，家庭和顺，多子多福。婚礼上的祝福，一唱三叹、回旋往复地唱出来总是容易。

女子出嫁才是归家，无论在娘家如何被捧在掌心，也只是寄养吧。婚后烟熏火燎，鸡零狗碎，磕磕绊绊，风雨斑驳，世事艰难，怎能做到一味地贤良和忍让。无助时唯用善良度日，才多了担待，种种艰难都甘愿受得。

泥土里，根部默默地、不断生长出"善"的细须。根深才能叶茂。桃叶郁葱、桃花鲜艳、桃林茂盛，要用厚德承载，像大地学习宽容。

一年又一年。

某一日，梦到了出嫁时，醒来时耳边还响着这首《桃夭》。刚刚好，正是风吹桃林满树花的时候，她在风中闻到了花香，蹒跚着走去了新婚时路经的桃园。一个苍苍的老者，在桃园，看到了春光里的桃花，嫩红隔着新绿，心头剥落了老茧，露出了少女般的笑容：

"那是多么美好的一天。春天来了，春天到了。"

桃花纷纷落，时光纷纷落，青草上落上了灼灼的花瓣。

初嫁时，那充盈着青春的气息的小桃树，已满是斑驳的节疤。

站在春光里，回忆起生命中开出的第一朵花，仍记忆犹新。这首婚嫁歌，还会在民间的婚礼上，被喜气洋洋地唱出来。

红海滩的野草

野草的名字叫碱蓬草。

珊瑚状的小草，生长在辽河与渤海的交界处。高十厘米左右，茎枝纤细，叶子繁密，叶子上没有叶脉，是细长的椭圆体或针体，像一些野花的种子。有的是透明的石榴红，有的是硬朗的玛瑙红，叶子中间似存有一洼忧伤的水，在浅海的两岸，红得一片沉静。

每年四月，青草穿过隔年的干草，不停地生长。盐分低时，碱蓬草是绿色的。只有河、海两水相合，咸淡相宜，碱度适中，河的水波一层层涌起，海的潮汐一波一波地漫过，一株株碱蓬草，由绿色变成红色。

碱蓬草单株并不出奇，而在渤海与辽河相会的岸边，它们数以亿计密密地簇拥在一起，形成了茂盛浩瀚的红海岸。

曲折的海岸，遍地野草红，中间是浅浅的海水，映着红色，河的每一滴水更加蔚蓝，海的每一滴水更加湛蓝。红海岸的外延是无边无际的野芦苇，绿色的苇叶，微风中轻晃着白色的穗，水鸟低空飞翔，几种颜色彼此不打扰，又如此相生。

我去得有些晚，红海滩湿地节刚刚结束，蓬勃的红已有些萧索，秋虫在细细地叫。河水与海水不断地漫过岸边的野草，岸边无限蔓延的已是挣扎的衰草红，对生命的努力，也逃不开草木一秋的命运。

从红海滩回来后，我写了短篇小说《空色》，四个女人的故事。"红色"是《空色》真正的主人公。

我试图用一种颜色涂染每一个女子，像一个以"九九消寒图""数九"的古人，染完一朵九瓣红梅，就过了一个"九"，九九八十一天，每天调一种红色，耐着性子调，耐着性子染：

火堆模糊的红光，原始人胸前穿起动物牙齿的一根红绳，赭红色的山，红漆箱柜，赤绛沉稳的茶汤，古旧的扇面上二三枚朱红色的印章，红褐色的陶泥，橘红色的血管，浸透了血的陶坯在火中烧制诞生的古老的祭红瓷，留在世上只有九件半。

装着小咸菜的红瓷碗，小米粥里的红枣和枸杞，微红的双眼，一盒口红纸，本命年的红腰带，大红的双囍字，测孕试纸上两道浅浅的红痕，红棉布面的肚兜，紫红色的睡衣，过期草莓果酱的斑驳的暗红，红红的亮亮的冰糖葫芦。

眉间一点朱砂红，揉碎桃花红满地，一抹如醉绯红，樱桃红的烟头，火红的琴盒，红泥小炉，酒吧里幽暗林立的铁锈红和西瓜红的灯光，空中飘过杏红色塑料袋，明红色的摩天轮，在车里等漫长的红绿灯，听到小津电影里的台词"秋天京都山脉的颜色是红豆布丁的颜色"，眼睛哭得红红的，绿茎红艳两相乱的荷塘，火里来、水里去、四十七道手工工序成就的琉璃红，里面有或大或小、或浮或沉的丝质气泡。

染上胭脂的红泪，深黑的夜里的红烛，红墙红柱的故宫，落日染红的半壁天空，云变幻出温婉的水红色，女人们从一扇一扇的红门中走出来，两扇朱漆大门缓缓关上，"凹"字形的红色的墩台，神兽的铺首和门环锁住了里面的寂寞红。

写下去才知道，那些刻意的深红浅红水红沙红明红暗红，不能充分表达女人的命运，她们每个人都试图从我苦心经营的红色中挣脱。事件的灵魂和心灵的深处，丰富、虚空、变幻，由不得我。所有的红汇流在一起，呈现了女人命运的模糊。

四个女子从我的笔下逃离，还原成一棵棵在河与海交际处生长的野草。河的水波一层层涌起，海的潮汐一波一波地漫过，一株株野草，也由绿色变成了红色。

河与海交际处生长的野草，始终追着海浪的踪迹，也许是因为知道寒秋会至，也许是知道生命的终极，野草在不被冻灭之前，只能更生，不能将生命沦为虚空的沉年。在向死而生的过程中，一株株碱蓬草一步步移近惊涛与浪花，移近更深沉的苦难和最美的自然。

巴林石记

在内蒙古自治区东部，巴林右旗境内，有一座特尼格尔图山，山里有稀世珍宝巴林石。

最初的最初在一万万年前，巨大的恐龙成为陆地上的统治者，又神秘灭绝，"盘古大陆"分成陆地和海洋，山峰拔地而起将森林深埋地下。那是一个辉煌的创造期，灭绝和更生同时存在，火山的喷发给予了大地最丰富的收藏，煤、铜、铁、锌……陆续在大地的深处生长，潜行的地火，也点燃了巴林石神奇的生命。

那时，石头还没有名字，山没有名字，这片大地也没有名字。不知何时，特尼格尔图山屹立成巴林石的守护神。从一万万年到一万年，漫长的时光，仿佛都在大地中凝固了。

地质学家说，八千年前，这里有了人类。从击石取火到打磨石器，人类在朦胧中靠近着文明。

在巴林右旗博物馆，巴林石制成的鸟形玉（石）玦、勾云形玉饰牌，讲述着五六千年前的"红山文化"，那是大地上原始的人类，注视着空中飞翔的鸟和天上流动的云。辽代的都城上京距特尼格尔图山不足百公里，巴林石不仅被刻成契丹大印，显示了辽太祖耶律阿保机的权力，还温柔地变成了契丹服饰上的项珠，美丽着纯朴的女人。在一千多年前，草原的英雄成吉思汗经过艰难的征战赢得了蒙古部落的统一。庆功宴上，下属敬献了一只用巴林石雕制的石碗，石碗晶莹明丽，灵光温润。酒在碗中，芳香四溢。英雄和美石相遇，一个激昂地指点江山，一个静默地吸纳日月。大清的固伦淑慧公主和固伦荣宪公主先后续写了昭君出塞的故事，她们是康熙大帝的姑姑和女儿，面容沉鱼落雁。茫茫的远嫁路上，紫禁城的金枝为巴林草原带来了数百名匠人，荟福寺、康熙行宫都是陪嫁的京城匠人建造的。沙巴尔台村的一位老匠人，用巴林石雕制出鼻烟壶和荷包坠子，由巴林的王爷、大清的额驸乌尔衮献给了康熙帝。这些和历史相融的巴林石，是如何开采、如何创造，又为何一闪而过的，最初的发现者没留下名字，最初的雕琢者也没有留下名字。太多的神秘，使地质学家和历史学家陷入深沉的思考，也使人们萌发了丰富的想象。他们用不同的方式讲述巴林石的故事，地质学家用推测，牧人们用传说。

有一首蒙古族的民谣，一只大雁飞往南方，春天又飞回来，低头看见一个老人，似曾相识，便问：亲爱的朋友，你原来是一个多么年轻的少年，现在为什么这么老了呢？老人说，你好啊，不是我自己愿意老去，而是这无止境的岁月让我不得不老去的呀。

这就是光阴的故事。草原的牧人一代代地繁衍生息，只有这片草原不变，只有地下的石头不老。

太多的光阴里，石头是被遗忘的，它们沉甸甸地深埋在黑暗的大地里。特尼格尔图山上的牧草青黄交替，岩石的缝里还探出一些弯弯曲曲的树干，根部压着石头，枝梢迎着阳光。牧人们从特尼格尔图山的近旁经过，赶着他们的羊群，羊被牧人在心里唤着亲切的名字。草，是从干裂的大地上长出来的。暮春和初夏相接的季节，草原才有浅浅的绿意。一场秋风，草又黄了。牧人珍惜这一季的绿色，他们对大地热爱，对生命诚恳。游牧的路上，把仅有的干粮送给饥饿的路人，他们眼里看过最辽阔的风景，看过风吹草低的万象。

那些男人的名字叫巴特尔、乌拉、朝鲁，汉语的意思是英雄、山峰、石头。

那些女人的名字叫萨仁、其其格、哈斯，汉语的意思是月亮、花儿、美玉。

牧人的生活是艰难的，经历过连年的战争，突袭的风暴，颠沛流离，生老病死。他们用名字表达崇敬和向往。他们不知道这地下的宝藏，心里敬畏着石头，把坚韧的石头看成逢凶化吉的神物。他们把沿途捡到的石头，垒成心中最神圣的敖包，那是神给予的福祉。

这旷世的空寂中，无论是地下炽热的巴林石，还是曾被牧人的手握过的滚烫的敖包石，都已凝结成吉祥的象征，护佑着这方大地。在漫天黄沙里，在草将被点燃的干烈中，在西拉木伦河水也被太阳烤干的时候，那些静默的石头总会帮助牧人祈到一场生命的雨，使干裂的大地复又绿草茵茵。

后来，有一些石头被从特尼格尔图山淘出来，可人们只把它当成普通的石头，有的牧人用它砌了羊圈，好奇的孩子们发现用它能在岩石上写字和画画。

真正的开采在上个世纪七十年代。一九七三年，那些石头有了学名"叶蜡石"，一九七九年，又因地而名"巴林石"。被开采后，它通常以印章、雕件、自然形而存在，边角料也变成美丽的挂饰和手链，薄片碎片镶嵌成石画。

鸡血石是地下飞出的火凤凰。石中的红色仿佛新鲜的血液流动入石，如生命的火焰在跳跃，呈现了天下最美丽的红，也表达了自然界的四时红情，桃花灼灼，红荷十里，枫叶染秋，梅花映雪，在巴林石不同的底色下，鸡血石的红是周而复始的生命流动。

福黄石，是因一个普通的采石工人刘福的名字而命名。大师们也偏爱福黄，用蜜蜡黄雕出弥勒佛，山黄塑出达摩祖师，淡黄镌出古代仕女，金橘黄刻出渔翁，浓浓交错、深浅皆宜的黄中黄刻出狮子头方章，一切都自然入理，不见雕痕，得天地气象。流沙黄直接打磨出自然形，像岁月的流金，"一寸福黄三寸金"，又是多少光阴呢？

冻石，干净又透明，像婴儿一样的，有无限的生命力，而没经过一点风霜的样子。水晶冻空灵剔透；云水冻行云流水；千曦冻是千丝万缕的晨曦；晴雨冻在青粉之间，正是"东边日出西边雨"；芙蓉冻温润娇嫩，似小荷初开；彩云冻似霞烟洒进北窗，点霞映照西湖；牛角冻、文颜冻朴实沉稳，羊脂冻、月光冻细腻柔和；湘竹冻点点寄相思，米穗冻粒粒说丰收；水草冻、柏叶冻、松针冻是一种传奇，石上有天然生成的水草松叶柏叶，在高倍放大镜下，有的柏叶上挂着红色果实，有的水草倒映在水中，天光云影共徘徊，有的水草、松针上闪出露珠水滴。有一方著名的水草章，拿在手里看是普通的水草，拿起放大镜看，水草上有悬而不坠落的水珠，一位日本老人看到石头上的水草闪出露珠震惊得晕了过去。

我曾看过一方蓝天冻，质地像秋空高远时那么蓝而通彻，白云越看越飘动变幻。看着那方石头，整个人瞬间就呆住了，分不清是一方石头，还是一角天空。

彩石，它们的名字也丰富多彩：朱砂石、金银石、红花石、瓷白石、豹子点、咖啡石、多彩石、泼墨石、满天星、木纹石、佛香石、紫云石……在这里可以淘到平民石头，价格便宜，却因了爱石人的心境，一样可以品石悟石，随心随意随缘。

图案石，是会讲故事的石头，是历史和现实的讲述者，万万年的往事，有的散成云彩，有的聚为湖泊；亿万年前的鸟兽鱼虫在石头中鲜活；沧海变了桑田，当年的涛声依旧在石头上拍岸。日月星辰，飞鸟和天空；神圣的母爱，洁白的哈达；相依的鸳鸯，做梦的花瓢虫；舞蹈的姑娘，对弈的长者；贵妃出浴，青龙入海。天地万象都可以在石上找到凭依。

每一块巴林石的生命都在一亿年前，天地蕴化，每一块石头发生什么样的奇迹都不稀奇，从这个店三百元买走，那个店三十万元卖出，这样的事情都不止一次地发生过，在图案石上发生的几率最高，瞬间被看出来，石头就有了新的名字，新的生命。愿出高价的人是看出了一块石头的天机。

巴林石适合做印，是"中国四大印石"之一。从先秦的古玺到"中国印·舞动的北京"，"印"，是一个古雅厚朴的中国字。

印面以正方形为最好，四面章身为方柱形，为"六方平章"，寓意着"天地四方六合"，质地好的六面方章来之不易，石头原石通常都会夹裹杂岩、杂花黑质、裂线。切割出一枚方章，要废掉几倍石料。

常见的钮头章，多为五个面方整，大多是位于钮头那部分石料有些缺陷，印顶圆雕古兽等钮头，用雕钮的方式化解。

印石界对一块原石使用的排序也大致如此，先看能不能切六面方章，不可则退而求其次切钮头章。再不行就做雕件，仍行不通就将石头略作打磨抛光，保留为"自然形"。

方章印面通常以 3cm×3cm 为标准，印身是印面的三四倍，好的石料也常有二厘米见方八厘米高的"二八方章"。比例和谐平衡才为上品。巴林石呈现的是自然与人工的平衡。

印石除了方章之外，还有对章。同一块石头切割出两枚一样大小，质色相同，石头纹理连为一体的印章。

巴林石曾刻出了二十一枚联体印章。

二〇〇一年十月，亚太经合组织即 APEC 会议在上海召开。是我国自唐朝以来最盛大的一次外交活动。上海会议筹备组的专家们走遍千山万水挑选国礼，最后选中一块巴林石冻石。半透明的黄冻上有清晰的水纹图案，深沉的黄色，像奔涌的黄河水，像太平洋的浪花。

这块巴林石切割出二十一枚联体印章赠给与会的二十一位政要，每一方章都有大海的波浪，每一方章水纹又不相同。篆刻家韩天衡先生刻出一方方中国印，刻下出席这次会议的各国和地区领导人的中文姓名：霍华德（时任澳大利亚总理）、布什（时任美国总统）、福克斯（时任墨西哥总统）、普京（时任俄罗斯总统）、金大中（时任韩国总统）、他信（时任泰国总理）……打开礼盒，一方巴林石黄冻印章，暗黄色的石头上奔涌着透明的水纹，刻着古老的汉字。一小盒西泠印泥，一轴二十一枚印章的印谱长卷。自然的纹理融合人文的创作，这二十一枚巴林石联体印章有了一个新的名字——"涌动的太平洋"，平静的石头外表下蕴藏着深沉的大海，涌动着人类的生命力。

草原是绿色的海。每年八月，乘着"巴林石节"和那达慕大会的航船，世界各地的金石家、收藏家、历史学家、旅行家……带着理想、问题或好奇云集在"中国巴林石之都"大板①，新闻媒体和商家更是早早地来，淘得满囊归。蓝天碧草之间，到处是活泼流动的人群。牵着心爱乘马的孩子，穿着鲜艳蒙古袍的老人，吼着挑战歌跃出雄鹰展翅的搏克②小伙，疾驰的骏马上搭起牛角弓的姑娘，荟福寺里参加传统法会的虔诚牧民，赛场边为获胜者唱出"好来宝"的民间艺人……草原用阳光一样的热情把远方的客人迎进蒙古包，水是赛罕乌拉山下的"六味神泉"，酒是草原的稻谷酿出的"套马杆"。原生态的歌手，在悠扬的马头琴声中，双手捧着洁白的哈达和银质的酒杯，唱出古老的蒙古长调。那是草原的盛典。清晨，百灵鸟婉转的歌唱，像牧草一样清新。晚上，燃向天际的篝火，又仿佛回到了远古的苍茫。

巴林石已融合在这片草原日常的生活里。时代像一列火车，带着呼啸的声音，改变着人们的生活。

最先是上个世纪九十年代初广交会后广州人来到这里，浙江和福建的雕刻艺人也先后来到这里，使这个牧业的蒙古族人口占了一半的小镇不同于其他县城，牧民饭店的旁边也建起了高层的珠穆朗玛酒店。电影院不再叫"电影院"，更名"奥斯卡影城"，唱歌的KTV名"迪拜"。巴林右旗政府所在地大板就是这样大大小小，土土洋洋，南南北北，一个很包容的县城。

大板还是县城里很早就有公交车的，公交车也不同于大城市里的。县城里唯一的汉授高中在东郊，有一次几个高中的学生坐错了车，3路车司机直接电话前面的1路公交车司机停一下，还

---

① 大板：属于内蒙古自治区赤峰市巴林右旗的一个镇。巴林右旗人民政府所在地。
② 搏克：蒙古式摔跤、摔跤手。

有四个学生上学要迟到了，前面的车停了下来，一车的人没有抱怨，都不急着去哪儿，孩子们上学才是最重要的事呢。

还有一次也是三四个高中生上学要迟到了，公交车司机中间的站点一个不停，先把几个学生送到学校，满车的人也觉得是再正常不过了。

一方水土养一方人。

在大板，巴林石店有三百多家，因巴林石发家的千万富翁、百万富翁有一百多家。店名如雅然石居、瑛达石苑、乾坤石屋、天艺石轩、润石轩、墨逸石轩、弘利石行、石韵斋、赏石山房、天石村、石艺林、富贵石阁、聚云石阁、可人石馆……还有直接名为巴林石店。店名的方块字无限变化着，只一个"石"字不变。店里贴墙立着展放巴林石的玻璃柜，像小型博物馆里的布展一样，有一些小型的防盗装置。店里的石价大都很高，几万元十几万元算是便宜的。普通的巴林石随意摆放在展柜外的盘子里，二三百元一方章。遇到了真正的行家，赏石家和收藏家，主人才会把客人带到他的"密室"，从一个个保险柜里取出镇店之宝。几乎每个巴林石店里都有一个茶室。这是一个缓慢的买卖，三年不开张，开张吃三年，人们习惯了它的慢，大部分时间吃茶赏印。

可人石馆的店主因喜欢"石不能言最可人"，就有了这个店名。店主是个会写文章会画油画的女子，从小喜欢在河边捡小石子，长大后开了一家小小的巴林石店。她说店里的每一个石头都是她的友人。刚开店时遇到买家，她总是不舍、难过。后来，巴林石使她学会了淡然，相信石缘，石头终是属于最有缘分的人。

大板，横竖各两条街，除了石斋、石轩、石阁、石行，巴林石文化园里还有零散的古玩店、书画院和印社。

巴林石有一个回流的现象。很多年前，大板人从台湾购回卖出去的巴林石，还是勇敢和冒险的行为，现在已是正常不过的事了。

回流的中转地主要是福州，可以看到一些几乎绝迹的巴林石品种。

福建的福州和浙江的青田也是巴林石的主要集散地。福州、浙江的青田和昌化、内蒙古的巴林右旗，是四大印石的故乡，四地之间有着千丝万缕的联系。

上个世纪七十年代，巴林石只开采原石，采出的巴林原石流向石头雕刻技艺好的地区，流向了福建福州和浙江青田。福州寿山自古产寿山石，已有七百多年历史，清朝开始有以圆雕为主的"东门派"，又有精于浮雕、薄意的"西门派"。浙江青田石在明代有了印石雕刻。巴林石雕刻形成了这样一个流通方式，除自然形、方章，以及少量由当地雕刻师制作加工外，大多原石流向福州和青田，出成品后再流回大板镇。福州和青田也有很多兼营巴林石的店铺。近几年，旗里一些经营巴林石的年轻人到福州去学习雕刻，有几个学成回来出手不凡，一块普通的小块冻石，在他们手里变成天然的巧色，他们雕出石里藏住的万象万物。

大板人还有一种生活方式，是把巴林石拿到各个城市去卖，在公园的一角，铺开一块塑料布，摆出十几块普通的巴林石雕件、自然形或十来枚方章，价钱不高，常会遇上对眼缘的人。无论卖个好价钱还是一块也没卖出去，都会在这个城市旅行几天，慢慢地就行了万里路。

我的一个同学，从小长得胖，喜欢演员翁美玲和各种首饰，同学嘲笑她的时候，她一个人寂寞地收藏各种翁美玲的画报和各种首饰的图片。高中毕业后她没继续上学也没有工作。有一天，她看到邻居倒出的巴林石边角料，她把它们捡回来，她打开了泛黄的收藏本，照着里面首饰的样子一个一个加工出来，拿到巴林石店里去卖。她开创了一个产业。

巴林石的露天市场有二十多年了，最早是自发的，天刚开始放亮，在巴林石城的周边陆续有不少露天摊位出摊了，随便找一空地，摆下一堆石头，就是一个"摊"了。有一二百块钱一块的，也有几十块钱一块。天很早，可是凡有石头的地方就围着一大堆人，无数只手在石头堆中翻拣，都想"捡漏"赚点闲钱。后来巴林石早市有了规模，巴林石城里就有了规划整齐的露天摊位。

我的一个上海的朋友到塞外旅行，逛了一天巴林石店，习惯了几万、几百万的巴林石价，当她在巴林石早市上花五块钱买了一小粒可以做项链坠的蓝色巴林冻石，她一路用手抚着小石子，不停地问，这是真的石头吗，这是真的巴林石吗？当然这是真的。

巴林石价高，一是它的稀有和珍贵，二是它要经历至少两次赌博。它的原石和最后的成品有很大的差别，高价买来，切开却没有原来的期待和想象。还有的石头没遇到懂它的人，也会把好的原石切成废石。还有的巴林石在成品后会碎裂，甚至有的石头会粉身碎骨，无论你怎么挽留和保养，它都毅然决然。收藏的人要和石头一起冒险。因为这些，一方巴林石章、一块自然形、一个雕件，才变得更加的珍贵。

有赌石的，玩的就是心跳，有时三两个人聚资，去特尼格尔图山买了鸡血石原石回来，看看血线，电锯一下一下地动着，红石屑、白石屑四散飘落，心也一阵一阵地抽紧。可能在瞬间暴富，也可能血本无归，这是赌石者的游戏，愿赌服输。玩石的人，起码要过眼十万件以上，才可能练就出眼力。

大部分商家都沉得住气，买石也量力而为。或手工打磨出自然形，或不惜重金请大师雕琢。不急着出手，等愿者上门。旗里的巴林石店越开越多，奶茶馆也越来越多，很多的时间，人们在那里静静地喝茶，任石价牛市股票般暴涨，仍泰然自若。有藏石品石者，只置一壶清茶，对着石头看上半日，沉在其中，忘却世事，人曰"石痴"。还有贫而爱石者，无力藏购，虽心仪神驰，却只像古人一样对石叹道："不敢久视，恐相思耳。""人皆笑我痴，谁解其中味"，一纸《红楼梦》，也是石头的故事。浮华也罢，沉静也罢，无论懂它的人和喜欢它的人怎样汹涌的心境，于万万年的天然古朴间都会慢慢安静下来。最气定神闲的是雕刻大师们，他们有的在本地，大多在福建，或浙江，不远万里来草原求石，发现巴林石镂空刻出丝丝箭弦都不断、不碎。他们对着一块石头看上数月或更久，目光如水，握暖了石料，直至人石合一。"巧色"的技艺更是用石头的颜色和纹理雕出世间万物最本来的颜色和形状，把有局限的石头变得没有局限，变得浑然天成，艺术就是发现常人发现不了的寻常。雕刻大师倪东方先生说："每次对巴林石下刀前，我都感觉无从下手，因为雕去哪一部分我都会心疼。"这是对石头最深沉的爱。

在大板镇，有巴林石博物馆、原石标本馆、印玺馆可以参观。

特尼格尔图山建成巴林石矿山公园，入园可以参观巴林石古加工作坊遗址、辽代采矿石洞遗址和现已停采的七号矿洞。

巴林石，是一本宏大的时光书，时间一望无际，那失去的时间都流向哪里了？那未来的时间，又终将归到何处？

凝视每一块巴林石的形态、纹理和色泽，那上面跳跃着远古的火光，落满了洪荒的印迹。人类是如何在草原上开始最初的行走？是怎样在最自然的环境下创造了灿烂的"红山文化"？那上面有成吉思汗的金戈，还有格萨尔王的剑弩。

倾听每一块巴林石的歌唱、暗示和沉静，那是荒野的第一声鸟鸣，花朵最原始的开放；是钻木取火的敲击，石器时代的磨打；是英雄的序曲，田园的交响；是从远古就唱起的时光之歌。

在时光深处，它是怎样悄然生长，在岩石和岁月之间，有过多少回燃烧和冷却？与上亿年的巴林石相比，数千年的人类文明也不过沧海一粟。巴林石是真正的长者，见证着自然和历史的变迁。它曾是顽石，是璞玉。人虽渺小，却用创造力发掘了它的美。

多年前，我在青砖灰瓦的巴林石博物馆旧址里流连，清晨的朝阳，映着仿古的四合院落，恍然走在时光的隧道。隔着橱窗，触摸巴林石冰凉的温度，却看到玻璃上映出的竟是自己的面容，在那宏大的时间面前，我渺小如一粒飞沙。我试着用自然的心去靠近它，心底是无限的柔情和寂静。看到什么，听到什么，那是由我们的内心决定的。

庆州白塔的千年光阴

一座古塔，立在草原上，已近千年。

七十余米，八角七级，是佛家的八度空间和七级浮屠。也是时间的七个音符，八度音程。光阴的故事，气势雄浑，旋律简单，周而复始。

千年前的契丹女人

一千多年前，巴林草原的统治者是契丹人，他们建立了辽王朝。

耶律家族和萧氏女子共同书写了辽王朝的江山。那些千年前的女人，逃不开剑影刀光，浮沉随浪，枯等一圈又一圈年轮。

《辽史》上短短几行字，是她们的一生。

安静地等待，小心地等待，急切地等待，慢慢地等待，萧耨斤①倾心去叩历史的城门。从宫女到顺圣元妃，又到章圣皇太后，直至被亲子辽兴宗软禁成守陵人。

———————————

① 萧耨斤：约980—1057，辽圣宗嫔妃，辽兴宗之生母。1032年自立为皇太后，后被废为庶人。

重回到皇宫时，萧耨斤红颜已老。风清冷，梦碎凉，曾经的理想依稀。疲顿的叹息声里有了一个想法：在曾幽禁的奉陵邑庆州城立一座佛塔祈福。

起源于古印度的佛塔，走进了萧耨斤晚年的岁月。

庆州城中，数百名工匠一砖一木建起来。两年后，辽重熙十八年，也就是公元一〇四九年，辽庆州释迦佛舍利塔建成。塔身远看洁白如玉，俗称辽庆州白塔。

悲欢无界

中西文化相远又相近。

济世度人的佛塔，是东方古代建筑的至高点。宗教使水一样流逝的时间循环逆流回来。一双苍老的手，拨动着一粒粒温润的佛珠，求的是不老，修的是来生。

八百年后，在西欧，建塔的想法温暖了中年的荣格。那一年，荣格遇到生平最沉重的负荷：不得不与恩师弗洛伊德分裂。他在瑞士的家里建了一座塔。他感到前所未有的宁静，在《回忆录》里写道："从一开始我就觉得从某些方面来说塔是个孕育生命的地方—— 一个子宫或者是一个可以造就我的过去、现在和将来的母体。它给我一种感觉，我好像在石头中获得了重生。"

古代和近代相通，人世简单，悲欢无界。中国的契丹女子和欧洲的哲学家，在飘忽无依和惶然无力的时候，都把建一座塔当作了心灵的依托。

过渡句

文化的嬗变和历史的曲折，只在水面漾起一圈涟漪。

如今，辽王朝已成尘烟。契丹语已经湮失。《辽史·地理志》上的"庆州"已更迭成《巴林右旗地名志》上的"索博日嘎"，是蒙古语"塔"的意思。

从梵文音译的"浮屠"到晋代葛洪《字苑》里的"塔"，一个建筑，被撕裂成文明的碎片，承载了太多象征和使命，宗教、历史、哲学、美学……人世的苦难太多，不甘在惨淡中沉沦，一双双眼仰望过去，在没有颓圮成一堆砖木之前，塔只能背负。

尘埃落下，白塔如玉。

时间的节拍

千年的光阴，在四季里滑过……

蓝天碧草之间的佛塔，矗立成草原的往事。

风是草原春天的标志，随着渐渐解冻的荒原刮起来。立春，根芽听到了温暖的呼唤。谷雨过后，草才从沉沉的地下萌出细芽。生命如春草，更行更远还生。塔铃随风，叮咚的眼眸，看过太多这样的生灵，平凡微茫，琐碎无力，黑暗之中穿梭着一丝光线。

夏天来得很慢很曲折。一场场风沙后，草原真正地绿起来。草原上的河，并不因为黄沙多而混浊，而像《诗经》里的水，清且涟漪。每一场雨都很珍贵。雨后彩虹，使人想起白塔，塔的每层都开着弯月拱形门。昏黄的风季，那一道道门抵达了牧人们需要润泽的心灵。

秋天。曾在草原上赤足奔跑的孩子已长成壮年。他们面目模糊，像那群把天然的土烧成砖，把天然的木、石雕出天王金刚、云龙麒麟、飞天花鸟的辽代工匠，也像遍布塔身的那些礼佛和驾神兽的契丹人。不同的年代，不同的种族，人类的差别是难以发现的细枝末节。日出而作，日落而息，近处的村庄，永远是熟悉的声籁。塔上镶嵌的铜镜，回映着日升月落。

冬天的草原在白雪下面很安静。塔座上部的一周莲花，诵出"一念心清净，莲花处处开"的佛语。众生来来往往，每个在塔前求得救赎和保佑的人，留给塔的都是背影。塔基踏实地立在地上，塔刹坚定地仰望天空，高贵而谦卑。远处的苏克斜鲁群山是真正的老者。

川流不息的岁月，这样交付在"春雨惊春，冬雪雪冬"里。二十四节气是时间的节奏，冷暖流转。

塔基旁萌出青草的嫩芽，石阶上一片蜷曲的枯叶，千年的时光顽强地轮回。

隐伏旋律

是干枯的香料、草药，丰润了它们的姿态和风骨？还是千年本是一瞬？

塔刹里六百多件珍贵文物：佛像、经卷、丝织品、瓷器……历史的脉络慢慢清晰。千年前，契丹人把它们放进去，千年后，笃诚的史学家发现了它们。所有文物像刚放进去的。

大象无形。雕版印《妙法莲花经》卷长二百多米。手抄本《金刚经》只有五厘米。一百〇九座小型法舍利塔深藏在天宫的穴室，一百〇八座里有经卷。一座塔是素身，不贴金，无彩绘，里面有一只琥珀瓶，瓶里是小粒玛瑙石……佛经上说，修建佛塔时，如果找不到佛的真身舍利子，可以用金、银、水晶、玛瑙等珍宝来代替；如果无力求得这些宝物，也可以到大海边去拾取清净的砂粒，或采集一些药草、竹木的根节来制造舍利，佛经也可当作舍利供奉。形式都是外化的，真正的信仰，要用最朴素的心灵去抵达。

灵魂的摆动

塔里的两块石碑，更接近灵魂。

一块碑是建塔碑，刻着建塔时间和建塔人；一块碑是工匠碑，记载着修塔时每一个工匠和劳动者的名字，连厨师的名字都一一刻载。这些普普通通的劳动者建筑了这座白塔，使砖石和木材在时间里开出了花。

每一处砖石的缝隙，每一块木头的纹理，每一幅丝绸的经纬，每一行梵文、契丹文、汉文，每一笔彩绘，每一道刻痕，诚恳地述说着，一个草原上的游牧民族，曾经怎样用生命的踏实和妙绝，去追求人类文明的进步。

滚烫的汗珠，从契丹人的脸颊上流下来，他们生命的血液染红那片时光的花瓣，使后世的人，触摸到一个朝代的自豪和忧伤。千年前的时光，并没有消失。智慧的希腊人说，时间的摆动是"灵魂的摆动"。

远距离拾音

白塔周围，辽代的古城墙已倾塌。"欲辨六朝踪，风乱塔铃语。"是叮咚？还是滴答？如水滴在石上，如流沙从容器里漏下。悬荡的塔铃，看遍浮世的变迁，生命的繁衍淡化了时间的历史界线。

雄鹰飞过去，骏马奔过来，查干沐沦河水自西向东流过去，哈扎布的长调从风中传过来：

> 哉，我那可爱的七只雏雁，祝愿它们飞到温暖的地方安康快乐。
>
> 啊，呼哉！
>
> 哉，秋末寒冷已来临，芳草枝叶凋落失颜。
>
> 啊，呼哉！
>
> 哉，我那可怜可爱的七只雏雁，想必已飞到温暖的地方安居欢乐。
>
> 啊，呼哉！
>
> 哉，年迈的老雁，我呵，无力远飞，只能留在山河上空盘旋。
>
> 啊，呼哉！
>
> 哉，不是我自己愿意老去，而是这时光无止境地循环，让我不得不老去的呀。

逐水草而居的牧人，一代又一代，辛苦地经营着岁月，把光阴磨砺成深浅记忆。牧人说，建塔的地方，从空中看就是一朵盛放的莲花。而塔正在莲花心，庇佑着这方草原。

当地的习俗延续了一千年，来到白塔，都要绕塔三圈，求个平安。一步一步，心里的敬畏在这一步一步里越来越凝重，心里的祈求也越来越虔诚。不知道有多少个朝代、多少人，绕塔这样走来，又这样走去。

　　古今中西，历史中总有那么多相同的章节，那么多相似而重叠的命运。

　　光阴往来，飘忽无尽。千年之前，人们也是这样祈福。草原也是这样枯荣。踏过草原的马蹄也是这样伤痕累累。人类最终祈求的也只是不老和平安。转山转水转佛塔，追寻的是内心的澄明与安宁。千年之后，是否同样的脚步，在时间里来去。

　　塔影一寸寸挪移，沟通着天与地。

山盟水约

　　第一眼看到青山，青山在雨中。天湿地润，青山虔诚地赴一场千年的水之约，雄奇中多了柔美，苍莽中多了青翠。群山忽为烟遮，忽为云埋，氤氲出一种迷蒙的美，仿佛一幅李可染的墨韵山水。大师的墨迹未干，山水却从画上走下来，水泠泠地岿然在克什克腾的东部。

相　约

　　青山，是山盟水约之地。是贡格尔草原上的一个奇迹。

　　看青山景区最神奇的景观"冰臼群"，要登海拔 1574 米的山峰，坐 1200 米的索道，走 1999 级台阶。

　　登山没有章法，只要腿迈得开，身心不乏，就可一步步从脚下登起。乘缆车却需要有一颗和云朵一起飞翔的心。当群峰在空中与自己慢慢靠近，又慢慢远离，当下山的游客在空中与自己擦肩而过，都像在云上看青山。青山在行走的目光中变化万千，横看成岭侧成峰。这时，我愿意把"英雄美女峰"想象成项羽虞姬，力兮项羽，逃不出四面楚歌，美兮虞姬，留不住朱颜皓齿。当江山不似旧温柔，他们也只能化尘化土。而在这青山之上，他们却可以永恒相依。"老夫老妻峰"比他们多了从容，寻常的饮食夫妻更能体会"执子之手"的深意，更能修来"与子偕老"的福分。

男人是山，女人是水。水是眼波横，山是眉峰聚。无论英雄美人，还是寻常夫妻，最初都是山水盟誓。

仁　山

从缆车上下来，踏上石阶，青山的主体似大佛端坐在眼前，石佛天成，佛即是山，山即是佛。

大自然的鬼斧神工使山石的色彩也丰富起来，风声如禅音，清心静气的各色山石都浸润着佛意的气息。佛家的清源法师说，参禅前，看山是山，看水是水；参禅时，看山不是山，看水不是水；参禅后，看山仍是山，看水仍是水。这也是人生的三重境界。第一重是因为单纯，心无杂念；第二重少了澄明，多了困惑混浊；第三重顿悟后又有了自然之眼、平常之心。只是我们这些俗人很难在山水里见仁见智，而把大部分的时间销蚀在第二重的迷惑里，难逃红尘之嚣，生计之劳。唯愿这隐隐青山能摆渡我们浮躁的心。

智　水

山里的气候忽晴忽雨，两天的青山行，竟遇到了两场雨。避两场雨是在两个不同的地方。

第一天，就近在一个石洞内。说是石洞，更像是一个大石棚，石棚天成，由几块巨石支起，棚内石桌石凳人工修造，神仙曾在此下棋，游人可在此对弈。坐在石棚内，雨帘沿着山石垂下，水溅出珠玉般的晶莹，石则涤荡得愈发润泽浑圆。山和水在同一空间里，观照出彼此生命的潜质。

第二天，是在一棵蒙古栎树下。栎树枝繁叶茂，那柔和碧绿的浓荫，这时成了一把天然的大伞，被雨水滋润得清新翠亮。雨中的草地花丛如涟漪般闪烁生光，周围的紫桦、白桦色彩清丽。雨点不时从枝和叶间滴落，我们也淋了一身青山的雨，觉得清爽许多。

上善若水，善的最高境界就像是水，滋润万物而无争。山间万物在雨水的滋润下都妩媚丰盈，就连卷柏也在雨中的岩石上开出一个个绿色的莲花座。它是一种矮小的蕨类植物，枝叶像柏树，在旱季里会卷曲、枯萎成一团。但只要一场雨露，就会伸展出新绿。我曾看过干枯的卷柏在一瓢水中重新复活。

雨停天霁，长虹高挂。雨后的山林，草香、花香、药香、树香在温润的空气中慢慢四溢，空气中漾动着细碎的暗香。鸟啼虫吟，蜂飞蝶舞，释放着生命独有的生机。松鼠和野兔的影子一晃，便闪逃在了花草丛中。山梨、山丁子、虎榛子、山沙果、山核桃树的果实挂着水珠熠熠生辉，秋天的青山，累累果实会雨点般纷纷坠落。

相　济

彩虹之上，鹰击长空。青山之崖，鹰岩独立。鹰的飞翔表达的是草原的自由辽阔。鹰的巨翼里包含着山一样的刚毅，水一样的柔情。

青山上"神鹰峰"和"蛇石"默默对峙，山石的纹理如同鹰青黑色的羽毛，兀起的山岩如钩，是桀骜的鹰嘴。我仿佛听到了蒙古大汗的萧萧马鸣、声声铁蹄。那是一次战争中，成吉思汗和他的部属被敌军冲散，独自一人杀出重围，陪伴他的只有骑着的骏马和他驯养的心爱的猎鹰。又饥又渴、九死一生的成吉思汗，忽然在一处山岩上发现了一缕细细的流水。他狂喜，策马直奔过去，拿出早已干瘪的皮制水袋伸手到石壁接水。可当他刚装满水袋，停在空中的鹰箭一样俯冲而下，将水袋击落在地。成吉思汗只好再去接水，鹰再次将水袋击落。如此重复了四次。统治四海的可汗一怒之下杀了鹰。刀起的那一刻，鹰奋力叼起水袋扔下万丈悬崖。当成吉思汗爬上山顶，发现细流的源头是一个水池，池边有一条大毒蛇的尸体，毒液和池水混在一起。成吉思汗不禁揾英雄泪。

坚韧的鹰化为山，英雄的泪流成泉，鹰的故事总是这么悲壮柔情。

在神鹰峰上，我们看到了鹰巢。据说鹰巢的下面是带刺的树枝，宝宝刚出生时，鹰妈妈在树枝上铺上羽毛和枯草，待鹰宝宝长大一些后，鹰妈妈就把羽毛和枯草衔掉，露出带刺的树枝，要孩子学会飞翔。鹰是荆棘上飞起的鸟。母爱如水，带刺的树枝是另一种智慧，刚柔相济。

相 依

　　沿着登山石级一步步前行，石阶时隐时现，曲径通幽。移步易景，处处令人惊叹，"青山峰林"在阳光中与我们不期而遇。

　　"什么东西一经过时间的冲刷，大都会染上点泛黄的色调。"阳光下的青山峰林，是赭黄色的。雨中的青山像一幅水墨未干的画，阳光下的青山峰林画卷像珍藏了几个世纪，有了岁月的风露在里面。

　　青山峰顶一千多个冰臼也盛满了岁月的风露，见证着三百万年前那场山和水的爱情。那时，青山被厚厚的冰层覆盖。当冰开始消融为水时，厚重的冰川在巨大的重压之下，水流汹涌，携砂漂砾，对冰层下面的花岗岩山脊山峰进行冲击和磨蚀，那是一场轰轰烈烈的爱情，山和水都惊心动魄，冰川水旋涡式的运动，使青山峰顶磨出一千多大小不一的圆臼。水为山而来，山为水而在。水的雕琢成就了青山独特的美。

　　冰臼大小各异，却都口小、肚大、底平，如臼如缸，如罐如坛。当地百姓无视科学家"第四纪冰川"的成因学说，更愿意相信这是天兵天将的粮食加工厂。

　　一些冰臼光洁如洗，像正等着新米入内；多数冰臼都盛着水，汇集了花瓣、雨滴、露珠和云岚，有细小的石虾游动；兼有水土的冰臼里生长出灌木、乔木和各色花草。杜鹃盛开的季节，杜鹃以石为盆，红遍山峰。三种景致，也如人生的三重境界。

　　站在青山峰顶遥望，群峰起伏，云山相接。西拉木伦河在山下静静流淌，自西向东缓缓向前。

　　山水相依。因为西拉木伦河水的滋养，青山才如此雄浑，如此生动。只有西拉木伦河水化为墨池，才能绘出青山的巨幅画卷。

老子道："天地无人推而自行，日月无人燃而自明，星辰无人列而自序，禽兽无人造而自生，此乃自然为之也，何劳人为乎？"万物自在，青山本然。青山就是一场山和水的自然约定，禅说着天地的和谐。

勃隆克^①看云

  同去勃隆克景区的一行人中有严教授一家三口。严教授夫妇在南京一所大学任教。他们的孩子佳佳，是一个智障儿，智力还停在混沌状。

  第一次来内蒙古，严教授夫妇对草原充满了新奇。去景区的路上，严教授几次叫停车。下车后，他像撒欢的孩子一样，一边对着绿草中悠闲的牛羊或恣意的野花拍照，一边大声地唱起歌来。他的夫人也朗声地和上去，她的歌声低回优雅，有美声的味道。佳佳随即也跟着含糊不清地哼唱。

  一路的歌声中，我们从草原走进了一片大漠，风中飘来了奶茶的香味，勃隆克景区的蒙古包近在眼前了。

  到了勃隆克，既到了江南，也到了塞北。康熙游此地时留下了"远望塞北三千里，近观江南十六洲"的诗句。茫茫大漠中，三十三个大小不一的湖泊，远远近近地在眼前展开，当地牧民俗称"三十三莲花泡子"。沙漠和湖泊的相接处水草茵茵。浅水边，

---

① 勃隆克：位于内蒙古赤峰市翁牛特旗，是集沙漠、草原、奇石、湖泊等于一体的旅游景区。

逗留着白羊、黄牛、赤马、棕驼。水草和湖泊之上，水鸟轻翔。

这里的湖泊一直受到沙漠的侵蚀，沙一点点吞没着水。在草原上每个春天几乎一样：枯草、干裂的土地、裸露的河道，很久都是这样的景象，使人感到时间的停滞。老人们会说：大旱不过五月十三。农历五月十三已是六月天。这时，总能从天上突降甘霖。草原上的雨水虽少，却每年都能使荒草返青；沙漠上的雨水更少，可千百年，湖依然存在于沙漠之中，勃隆克依然保留着江南塞北的景色。只要有云，就会降雨，就有水的希望。

诗人王维在山间随意而行，不知不觉，来到流水的尽头，看是无路可走了，索性就地坐了下来，写下"行到水穷处，坐看云起时"的诗句。牧人们是一样的从容。

严教授兴致勃勃地问当地的牧人，"勃隆克"是不是蒙古语？汉语意思是沙漠还是湖泊？牧人说，是蒙古语，汉语的意思是"圆圆的石头"。

在沙漠上走一段路，就到了勃隆克山。没有嶙峋，只有浑圆，大小不一的圆圆的山石，静卧于茫茫沙漠，奇异而自然地形成了一座山。无论大小，山石是一样的红褐色。大的可刻下红楼故事，小的能写下简单的蒙古民歌。牧人用不熟练的汉语告诉我们，勃隆克的美景要登上勃隆克山才能看到。

爬山时，佳佳一直紧紧拉着妈妈的手，不停地叫着他唯一可以说清楚的词——妈妈。看出大家的担心，严夫人说，在南京，她几乎每天都带佳佳去爬紫金山，阴雨天都不间断。开始佳佳只能走几步，现在有时已经能到山顶了。她说，佳佳太胖了，要让他多做些运动，他们都老了，佳佳该学会照顾自己了。

山不高，却时有险要之处。严夫人不停地鼓励着佳佳："小伙子，好样的！小伙子，很勇敢！"佳佳在妈妈的鼓励下，走得很起劲。我们都放慢了脚步。

登上勃隆克山顶时，我们明白了那个牧人的话。

三十三个湖泊，宛若一颗颗蓝色的宝石，在绿草白沙中闪烁。洁白的羊群和乳白色的蒙古包，散落在碧草上，呈现出一种陌生的美。山的后面是沙漠。从山顶望过去，连绵起伏的银色沙海、沙山，无边无际，没有尽头，依稀可见几个滑沙的人。山前的静美不染尘俗，山后的苍凉浩瀚无际。

时空变得寥远。耳边仿佛有一种声音，像千年的驼铃从远古传来，又像羌笛默诵神秘的禅语，许是文姬归汉时留下的《胡笳十八拍》的余音吧。一千多年前，那个弱女子因战争流落草原大漠，她夜夜思乡，却在能回归中原时，又舍不下要留在匈奴的幼子。哪个是俗尘渺渺？哪个是天意茫茫？千般万般注于指间，声声曲折呜咽，击破长空："天无涯兮地无边……举头仰望兮空云烟。"只能淡漠地忍受着人生的缺憾，在她心里，大漠云起，是绝境中的希望。

严教授夫妇变得沉默了，佳佳也愣愣地望向远方。

歌声打破了沉寂，严教授面对着沙漠中红褐色的浑圆的山石，面对着"三十三莲花泡子"，面对着高天流云，吼了一首不知名的歌。粗犷原始的吼啸，曲调几分苍凉，几分悲壮，又几分柔情，歌声在风中消逝。

黄河线条

乌海邻近包钢，原住民是一些煤矿工人，包钢需要大量的煤，而这个荒无人烟、被沙漠包裹的地方，储藏着煤。挖煤工人慢慢聚集，形成了产业。两个煤矿叫乌达、海勃湾，各取一个字，城市就有了名字。

黄河，在乌海市里流经了一百〇五公里。波纹曲线，一线的苍茫，现出了生命的姿态。

海勃湾东南。摩刻在山岩上的桌子山岩画，原始古朴的线条中太阳神笑容可掬，稚拙和浑圆，传承到宣纸上。

长河落日。

天然的直线和曲线，是人类艺术的向往和追求。我们站在黄河水之上的一座普通的桥上，看着阳光穿越过水流，水面温暖，流光漫延，岸边的沙和水草尤为生动。

落日归依长河，沉落。然后顽强地升起。万物流入时间，都是不能拒绝的命运的机缘。

白昼和夜晚，沿着落日入河的一线分界。一方水土，一方线条，一种机缘。一大批矿工对书画艺术的热爱近乎痴迷，也许是矿上的生活太荒凉岑寂了。

矿工们说："简单不过，拿毛笔蘸墨水在宣纸上写汉字，黑白组合。"写着写着，就把一座只有三十多年历史的城市写成了中国书法城。

参观书画院时，接待我们的是当地的书协主席，不知道他的名字。

第一句话，大家惊讶，"乌海有上千人写毛笔字，笔耕不辍。"他把辍念成了缀。

"孩子想学书法，要习什么样的帖？"

"习帖是要习十字路口的，汉隶。不好入门，但上可承接篆书、金文、甲骨，下可沿袭楷、行、草。"

"书法是陶冶心性吗？"

"读帖和思考的过程算是陶冶吧。但写字，只是意志和毅力。坚持下来的，是难以忘却理想的人。"

"把海洗乌了，自然就成了。"

"能把海洗乌！要信仰和天分，活着和习字浑然一体了。"

"临摹是书家一生的功课。但临摹不是要金子，而是要点金指。大多时候大多人容易看见金子动心，迷失了真正想要的。前人写过这样一笔捺，今人再仿写了，是典型的舍不得。"

"线条的生命力要充满。每一种线条都有自己的特质。"

"也有快乐，是在日复一日的重复中悟出了自己的长进，能写出几幅好字，也需要福分。"

"留白，要看白的地方。"

"艺术拔节生长的规律如同草木，看到的是枝叶，汲取的是根的营养。"

"书家是匆匆的过客，线条才是宣纸上的记忆。"

"最高的境，还是返归自然。"

书展看过几次，不知道该看什么。听着当地书协主席的话，同行的人都有收获。

内蒙古第十二届运动会是在乌海开的，城市里到处都可看到会徽。一个"乌"字写得很大，写成了黄河流经乌海的线条。一个"海"字，很小，只是一枚小小的印章。然，足够大了。

疑似的日子

记得在上学的时候，想查一下关于宇宙的解释，为此买了一本《辞海》。上面是这样解释的："《淮南子·原道训》曰：'古往今来曰之宇，四方上下谓之宙'。"我是这样理解的：古往今来就是时间，四方上下就是空间，时间和空间组成了宇宙。这对我以前认识上的空间宇宙补充了许多。而任何事物的时间性存在就是宇宙中的一个点，一个时间与空间交叉的点。

这本书也一样，接到此书的邀稿是在二〇〇三年四月，那个时间正是 SARS 肆虐的日子。"非典"使很多人有时间游荡在网络这个空间，许多不相关的事情通过网络建立起联系，比如我与这本书。应该说，这本书是一个时空的巧合。而每一个日子，不也是时间与空间凑拢来拼成的浓淡参差的图案吗？

其实，每一个日子不仅充满巧合，而且充满疑似。这是我在"非典"之后恍悟的。

我们不知道生命中哪些东西是可以准确把握的。我们总是陷在大大小小、形形色色的选择之中，而每一次选择又总使我们雾迷津渡。所以，我们不能用对或错来看待选择，那只是我们一时的心态，那只是一个时空的巧合。每个人不同时期的不同生活状态都是不同选择的延续。也许我们会去追求一种生活状态，也许我们会去适应一种生活状态，但无论是追求还是适应都是一种选择。

这本书从策划到成书，也经历了很多的选择：从文字到版式，从封面到名字。如果说当初签下出版合同是一个轻易许下的诺言，之后不得不督促自己去完成。在真正开始动笔后，我变得很刻苦，像个就要参加考试的学生。无论它包含了犹豫、彷徨还是信心，它所显现的成书是由当初的种种选择决定的。

我们与生命在不经意间也签了一份合同，不知何时被终止，所以更应该认真地履约、认真地生活……

此作为《城市森林的等待》后记

《城市森林的等待》的六个版本

　　《城市森林的等待》已出版近六年了。关于这本书的出版传奇以及出版后的肯定和批评，觉得一般还是被其感动，其中种种早已尘埃落定。而留存在策划人、编者、著者、配画者及很多读者记忆中的，是早已沉淀出的最值得珍贵的那部分。到了内蒙古大学文学创作研究班上学，这本书被很多同学关注，就搜集整理一些尚能在网上搜到的信息放在博客上。却有了意外的感动。在一个叫"注音图书馆"的网站，我看到了这本书的不同的六个版本。这是一群寄居海外的游子创办的网上图书馆，供海外长大的祖国是中国的孩子们学汉语的。这个网站的每一本藏书都有简体、简体拼音、简体注音、繁体、繁体拼音、繁体注音六个版本。六个不同的版本，最使我感动的是简体拼音版。看着每一个注着拼音的汉字，很能体会远在海外的游子远离故土的心情，当他们为人父母后，他们希望孩子在学习外文的同时，也能使用父母的母语，能体会祖国的文化。他们对故土的文化，是那样的眷恋。看着这些各异的版本，更使我懂得了该珍惜什么。

附：馆主寄言

我们是一群天涯游子，一群寄居海外多年的父母，可对于故土的文化，我们依旧是那样的眷恋。我们更希望我们的子女不要远离了这经过五千年智慧浸润的文化精髓，所以，我们每天都要问我们的子女一声："今天，你的中文学得怎样了？"

中文难学。即便是对于这些在家父母坚持用中文交流的孩子，学中文也不易。往往小学时还上一些课后的中文班，程度却远不及中国的小学。等到高中大学，中文一股脑地抛于脑后，成了只会听一点、说写都困难的 ABC 了。中文难就难在生字无法读上。英文是拼音文字，即使不懂也可读出来。对于终日用英语交流的孩子，读出来了，也就大多猜到意思了。所以，二三年级的小学生已可以毫不费力地阅读各种英文书籍了。对于日常会用中文交流的孩子，阅读中文却困难得多，遇到生字读不出更别提猜意思了。于是，读中文就变得枯燥异常。

学会拼音或注音符号，对学中文会有很大的帮助。见孩子学了拼音之后可以囫囵吞枣地读下一篇注音读物，心里很高兴。囫囵吞枣地范读，也是学语言的一种良方。记得在中国学英语的时候，捧一本课本背了忘，忘了背，却毫无进展。倒是有了电脑之后，装一个随机中英字典在网上浏览各个网站，不懂的词点一下，囫囵吞枣地看，不记也不背，反而词汇量大增。

对于海外学中文的人，寻找相应的注音读物又是难事。中国的注音读物大多是针对学龄前，及一二年级小学生的童话儿歌之类，对大一点的孩子及成年人的注音读物几乎没有。于是，我便挤时间编写了个中文注音器，一有好的文章就通过注音器加注拼音，然后打印出来给孩子阅读。我之所需岂非人之所需？于是就有了这个建立在线注音图书馆的想法。为满足不同读者需要，希望这个注音图书馆可以为学习中文的人提供切实的帮助。

落地生根的故事

二〇〇四年初秋去桂林，在阳朔看到了一棵有着一千四百多年树龄的大榕树，枝叶繁茂，郁郁葱葱，气根千丝万缕，落地成根。看着这棵大榕树，我想到了另一棵榕树，网络上的榕树，一样的繁茂，一样的浓郁，可我在那个"榕树下"收获的不是能用十百千万这些数量词可以说明的。那里记载着我生命中一些最重要的痕迹。那里有最无价的情谊，和一个又一个在生命里落地生根的故事。

故事一：紫色的评语

世间很多安排都自有深意。很多的遇合都是注定的宿命。在榕树下发表的第一篇文章是《似水流年》，用"动态童话"的名字，那是在二〇〇二年六月二十五日。从此，那些发表在树下的文字就是一篇篇动态的童话，就是似水的流年。它们记录下岁月的痕迹，承载着过往的悲欢。

一直以为，树下的第一条评语是紫色的，因为《似水流年》

的第一个评论者是"紫海绵",它的名字是我最喜欢的颜色:

由紫海绵评论于 2002.06.25 17:29 评论 id (1834550)

在榕树下看了好多篇文章,也曾跟着爱情故事里的主人公伤感过,但大多没什么印象,一会儿就忘了。今天读了你这篇短短的故事,我感到很庆幸,因为我终于读到一篇触动我心灵的文章,也终于看到一个和我自己差不多的故事。真的很感动,一时间有好多的话想说,可又不知道说什么了……有时间联系好吗?——真诚期待你的朋友。

看到这条评语,我也感到很庆幸。隔着时空,隔着网络,却有最贴心的交流,最真诚的认可。如果一条评语可以给你一次或是几次、一天或是几天激动,那它就是你喜欢的评语。而当一条评语可以永远无穷尽地给你以感动、给你鼓励,那它就不仅仅是一条评语了。它成为一个起点,一个见证,一个归宿,所有与树结缘的故事都由此生发,在记忆中越来越繁茂。

由于那时家里还没有电脑,不能经常上网。与紫海绵就很轻易地错失了。不知道紫海绵是哪里人,不知道她现在还在不在榕树下,但是是她,使我在树下安居下来,在文字中安居下来。

因为这一次的失散,我才会格外珍惜以后的缘吧。

故事二:绿色的书

《蚂蚁的选择》是我在榕树下网站发表的第九篇文章,它像个引子，引发了我生命中的一些重要事件，引出了我的第一本书——《城市森林的等待》。

那是在非常的"非典"时期，北京现代出版社的策划在榕树下看到了这篇文章，并以职业的直觉在后面留言，要把它做成一本书——关于选择，和由不同的选择产生的不同的生活状态。

看到策划人在榕树下发给我的关于合作出书的鸡毛信时，我才知道所有的人第一次见到龙都会害怕的，不仅仅是叶公。出书本是一直的梦想，可当它突然出现在自己面前时，却不知该如何面对，也像叶公一样惶惑和想逃避。而且我最怕合同合约类的命题作文。可策划人一而再地努力，他在榕树下发鸡毛信，在我的留言板留言，他的真诚打动了我。这次合作，不仅出了一本书，还收获了一个重要的朋友。

当和策划人成为朋友的时候，我曾问他，是怎样想到要做这本书的。他说，是因为《蚂蚁的选择》的一条评语：

由鳜鳜评论于 2003.04.10 06:53 评论 id (2553996)
将这些评论整理一下——又是一篇《蚂蚁的选择》。看着这样那样的评论，让我总会想到文字的力量，或者饮水思源地挖掘着文学存在的价值。

他抓住了那个触动他的瞬间。所以，书里专门拿出一个单元，收录了榕树下的网友对《蚂蚁的选择》的一百多条评论。

在书中收录的那些评语中，我更喜欢"鳜鳜"的另一条评语："只要有时间，我都将所喜欢的文章后面的评论看一遍，因为它展示了更多人的生活方式和对同一事物的思考方法。"我觉得这也是榕树使我受益最多的地方，它扩展了我狭隘的空间，使我看到了更多人的生活方式和思考方法，榕树为我打开了一个更加丰富多彩的世界。

书除彩色插图部分外都用了双色印刷，书上所有榕树下网友的名字都是绿色的，是榕树的颜色。因为这次合作，是榕树下成全的。

书出来后，很多人都认为这样的出书过程充满了传奇：怎么会彼此信任呢？怎么能隔着那么远的距离合作下去呢？这都是发生在虚幻的网络上的事情吗？这真是榕树下的一封鸡毛信就决定的吗？

也许没有那么多为什么，就像当初来到榕树下也没有那么多为什么一样，那是生命中最自然的事情吧。该发生时就发生了。

故事三：金色的情谊

也是因为看了《蚂蚁的选择》，榕树下一个论坛的版主发了一封鸡毛信给我："带着你的童话到负暄来。"与那个策划人几乎是同时，像是事先约好的。

"负暄"的版主"秋雨中的菡萏"是个喜欢童话的人，那里贴有给大人看的童话，是一个自由、安静、温暖的地方。那里的主旨是：让我们的心情，让我们的文字，晒晒太阳，透明，向上。

从此，在那些写《城市森林的等待》的寒冷的深夜，我都会在负暄取暖，在负暄晒太阳。

负暄的另一个版主"闽北修竹"是一个以图说话的人，他每天都会拍来一些绿色供大家欣赏，使负暄充满了花的芬芳、叶的清香、快乐的味道。他拍的一幅图曾给我很大的启发：那是一组题为《苦瓜的花》的照片，很美丽，黄艳艳的花，嫩绿绿的叶，仿佛要滴出水来。那花的形状、叶的形状，与黄瓜的花和叶看不出有什么不同。图的下面注明了区别：苦瓜的花和茎是苦的，没有虫子光顾，所以它们很完整很光鲜，而黄瓜花却总是破破烂烂的，因为那是虫子的天堂。人生最美丽的那部分，是不是都充满了艰苦呢，我只希望"写"时的艰苦能绽放美丽的花。

在书中的文字完成的时候，负暄也成了我在网络上的家。它是个使人能在生的艰辛与喧哗中安静下来的地方。在那里静静地看文章，静静地晒太阳，彼此不相扰，彼此又会在一段文字中灵犀相通。不知不觉中，得到了很多阳光般金灿灿的情谊。

在负暄，我找到了找了很多年的康·巴乌斯托夫斯基的《金蔷薇》，那之前搜遍了各地的书店和很多的网站，都没找到。在负暄发了一个寻找帖，几天后，负暄的朋友就为我贴上来。

在负暄，遇到了一个和我一样喜欢童话、喜欢荷花的朋友。虽然两个人是完全不同的生活环境，不同的人，但却能时时心心相印，互为影子，互为前生今世。

负暄的"童话坊"里有百看不厌的《小王子》。

负暄的"日志"里记录着暄一族点点滴滴的生活痕迹和欢乐悲喜。

负暄有我最爱看的两地书《近午碎影——南北杂说》，由两个朋友——"约定阳光"和"秋雨中的菖蒲"正在写着。

镜像清澈

沉默地望着镜中的自己，那是不是我真实的模样。或只是光与影的投射。

我站在时光的河流上，平滑的水面，波澜不惊，把一切都照得渺小。

我是先听到了时间的声音，然后开始写字的。这决定了我从微处选题：蚂蚁—细沙—尘埃。

最初是写《蚂蚁的选择》。在生活的丛林中，人渺小如蚂蚁。这个想法之后在我的一篇散文《春光里的老人》(《散文》2010年第2期）里也描述过："直到登上东方明珠塔向下看，人都变成了蚂蚁，美与丑，容易和艰难，白领和民工，老外和同胞，年轻和衰老都差不过毫厘。"这是我写蚂蚁的原因。我用一本书《城市森林的等待》来写蚂蚁。在《蚂蚁的选择》里，我只写了人，写到我和我的五个同学，她们来自"百家姓"冯、陈、楚、魏、王和我，由于不同的选择，我们现在拥有各异的生活，可是归根结底，我们的相同之处在于我们都是蚂蚁，都在近似复制的忙忙碌碌的生活，耐心或不耐心地等待着。无论怎样选择，怎样生活，我们总觉得失去的比得到的多。我们总也避不开这样的夜晚，突然之间，心空如深渊。在中篇小说《苹果不再从天而降》里，蚂蚁成了主人公。一个蚂蚁的家园被毁，在森林中苹果树上流浪，它遇到了蜘蛛、七星瓢虫、蝴蝶、小鸟、蜜蜂，还有树爷爷，慢慢认识到繁茂和艳丽只是生命的一个过程。在路上，时间和历事使小蚂蚁日渐不惑，并也终将衰老。文学超越性的底色频繁闪现。书出版后有很多读者，大约是蚂蚁的选材触及了读者自身。很多读者来信中，她们反复说到的只是自己，自己的人生和选择，自己的回忆和悲喜。这本书出版后不再属于作者本人。

在这本书刚出版的一二年间，很多夜里，我用百度搜索着"城市森林的等待"几个字，看看哪家报刊和哪个博客又有了新的评论，又被哪家图书馆收藏。当网页激增到几十万页，我有一种吸食鸦片的兴奋。之后这本书渐渐沉寂。在时间的河里，湮没是瞬间的事情。

我写了散文《繁华，不过是一掬细沙》（《美文》2006 年第 6 期），文章中有这样的片段：两个制作沙画的僧侣，历时两月，用彩沙制作出了一幅精妙绝伦的佛教图画，画完成后，他们把彩沙收起。精心创作的辉煌在瞬间化为乌有。两个僧侣走到河边，把彩沙倒入河水，沙随水静静流走，那波澜不起的宁静，才是生活的主流。一切的辉煌只不过是过眼烟云。

文章写了"伤花怒放""燕子飞时""与书俱老"三个章节，描写了三个普通人的生活，三个"北漂"的故事。第三个主人公简枫不断地"游牧"——离开了本来想"住一辈子"的，并且以为"最接近艺术的地方"——敦煌，去了北京，可最后在自己"离成功只有一步之遥的时候"，还是离开了自己觉得"最能实现梦想"的地方——北京，回到了家乡。文章中三个人各自艰难地走自己的路，回忆自己的温暖和孤独，有过的辉煌也只不过是过眼云烟。

　　写这篇文字的时候，我重新安静下来，知道了喧嚣与浮华终会渐渐散去，宁静才是生活的常态。我又回到了平淡的生活中，去面对每一个普通的日子。我知道，每一个生活的瞬间，都是生活中的无数细沙，是金粉的微粒。繁华，不过是一掬细沙。文中的一句话"一切的辉煌只不过是过眼烟云"，引起了很多读者的共鸣，也使我有了新的思考，烟云、星云、尘埃，这些意像在我脑海里挥之不去。我发现了比沙更渺小的。

　　世间万物，都有它渺小而伟大的存在。每一颗尘埃都拖着一个萤火虫的尾巴勇敢地发出光。我去关注每一个生灵，每一朵向着太阳努力的花的际遇。《负暄的花》(《散文》2009 年第 3 期)发表后，很多读者去"榕树下"留言，一位读者说：多么美好。美好得让人感动。于是，怀着莫大的希望与欣喜，我来了。另一位说：我也是一样，那一篇文章让我爱不释手，负暄的花一定很美，让我忍不住一阵阵兴奋，有一种知音的感觉。散文中细细渗透着对生活的热爱。还有一位叫"转身向右"的读者说：在《散文》上了解到负暄，看到杨瑛的文字，心一下子就静下了。那时我还在硝烟弥漫的高三奋斗，每天早上第一个进校园，晚上最后一个回家，对未来有一种不可言喻的恐惧。知道负暄后，开始学会欣赏自然，后面的日子，便在心里小小的幸福中度过。现在，终于有时间来看看这个支撑我度过高三的地方。如我所想，这里温暖而自然。

　　在写这篇创作谈的时候，读从前写的文字，百感交集，重新遇到了曾经的自己，重回了已经逝去的时光。

无心可猜

二〇〇三年一月二十七日，《蚂蚁的选择》发表在"榕树下"网站。现在距那时，十年了。

那时，电脑还没有现在这么普及，我在烟熏火燎的网吧里上网。

那时偶尔会在黑夜里，抱着晚上哭闹的女儿，站在窗前，看外面稀疏的灯火和星空。

"两个陌生人怎么会相互信任！？"

书出版后，很多人这样问。只是靠着一根网线，靠着在网络上发表的五千个汉字的《蚂蚁的选择》，两个陌生人就彼此信任，直至一本书得以出版。

最初，是北京一家出版社的策划人发了一封网站内的鸡毛信给我："由于职业的习惯，我深深认为，此篇文章可以扩展成一部不错的作品，让更多的人能够从读书中领略到人生的一些东西。相信这也是你的希望。"之后他一连发来十多封 e-mail，他说："这是一本关于选择的书，而选择作者是一本书刚开始策划中的第一个选择，希望我的经验和感觉作出一个正确的选择。"

收到这封 e-mail 后，我们开始合作，我开始创作以一只小蚂蚁为主人公的中篇童话《苹果不再从天而降》。那是二〇〇三年的春天。"非典"期间是一段特殊的时光，人和人之间的关系单纯自然。我们彼此相信，我可以在三个月内写出一本书，在北京图书订货会上被海外很多国家的华文书店订购。后来，时间一久，这些成了云烟。十多年后，我更愿意说，这只是一种命运。

那段时间，每天在消毒水味里熬夜，落下头痛的毛病。十年中时时发作，提醒我那些事情真实地存在过。曾经在二〇〇三年的夏天，我穿着厚厚的春装，走在塞北县城刚绿起来的大街上，整颗心专注在那份刚刚完成的书稿里，每一个字、每一个标点历历在目。走在路上，我想到要修改其中的一句，我想出了更准确的表达，我忽然就停下来，站在大街上笑了，干裂的唇笑开了两个很大的伤口，血流到苍白的脸上，我依然停在那里笑着。在二〇〇三年，我拥有了精神的生命。

十年后，再看这本书，都快认不出这是我写的。

二〇〇三年又回到眼前，有一个晚上，书名定下来为《城市森林的等待》，出版方要求用"城市""蚂蚁""森林""选择""等待"等词语写出几句话放在书的扉页。我用几分钟写下了至今为止唯一分行的文字，从网络上发给他们：

    故事中的森林／总像迷宫／瞬间展开许多不同的路。
    生活中的城市／是个罗盘／时刻转动出不同的方向。

出版方的一群人在那边兴奋地庆祝，在电话里，我听到他们开启香槟的声音，听到透明的杯沿碰在一起的声音，也仿佛加入其中，没有空间的阻隔。那天之后，这本书的合作就结束了。现在，当时的人已失散无从联系。

陌生人的彼此相信，在文学的世界里一直存在。拿起一本书，拿起一本杂志，从读第一个字开始，读者就真诚地信任作者，作者也无邪地相信读者。

十年后，当年那个面对三十岁将至惶惑的我，住在一间租来的房子里，在一个陌生的城市里做文学编辑，在杂志的新年寄语里我写道："作者、作品、读者，因为无猜和相信，共同创作了一个心灵的世界。"

十年后，我如约写了《蚂蚁不惑》。

如果那个策划人能看到，他会说什么？

是否受了我当时平静生活的影响，在外漂泊了十年的他，从北京回了故乡。而我是否也感受到他关于理想的指引，到了我当时在小镇上想象和虚构的城市森林，成了书里那只蚂蚁，踌躇在枝丫间，渺小而晃动，心里常有恐惧，却本能地相信人的心灵。

图书在版编目（CIP）数据

河流／杨瑛著．-- 北京：作家出版社，2017.12
（草原文学重点作品创作工程）
ISBN 978-7-5063-9824-4

Ⅰ.①河… Ⅱ.①杨… Ⅲ.①散文集 - 中国 - 当代
Ⅳ.①I267

中国版本图书馆 CIP 数据核字（2017）第 318135 号

河　流

作　　者：杨　瑛
责任编辑：陈晓帆
装帧设计：曹全弘
出版发行：作家出版社
社　　址：北京农展馆南里 10 号　　邮　　编：100125
电话传真：86 - 10 - 65930756（出版发行部）
　　　　　86 - 10 - 65004079（总编室）
　　　　　86 - 10 - 65015116（邮购部）
E - mail: zuojia@zuojia.net.cn
http://www.haozuojia.com（作家在线）
印　　刷：三河市华业印务有限公司
成品尺寸：152×230
字　　数：160 千
印　　张：15
版　　次：2017 年 12 月第 1 版
印　　次：2017 年 12 月第 1 次印刷
ISBN 978-7-5063-9824-4
定　　价：32.00 元